이해력이 쑥쑥
교과서 한자말
100

어휘력 점프 3

이해력이 쑥쑥 교과서 한자말 100

글 정명숙 | 그림 이예숙

아주 좋은 날

한자말이 너무 어렵다고?

"처음엔 다들 어려워 해. 그런데 친해지면 아주 쉬워질 거야."

학년이 올라갈수록 왜 공부가 어렵다는 친구들이 많아질까?

정답은 바로 한자말에 있어. 학년이 올라가면 교과서에 실리는 한자말도 덩달아 늘어나기 때문이지.

그렇다고 미리 겁먹을 필요는 없어. 얼핏 보면 어렵지만 맘먹고 친해지면 재미도 있고 쉬워지거든.

먼저 우리 친구들이 한자말을 얼마나 많이 알고 있는지 알아볼까?

다음 이야기를 읽어 봐.

❶ 인도는 예전에 ❷ 인도와 차도가 구분이 없었어요.

그래서 가끔 코끼리로 인한 사고가 발생했어요.

그런 코끼리에게 진정제를 투여해 안전한 곳으로 ❸ 인도하느라

수십 명의 사람들이 들러붙어 낑낑거렸대요.

이 이야기에 '인도'라는 한자말이 세 번 나오는데 세 개의 뜻이 모두 달라.

❶ 인도는 한자로 '印度'라고 쓰는데, 나라 이름이야.

❷ 인도는 한자로 '人道'라고 써. '사람이 다니는 길'이라는 뜻이지.

❸ 인도는 한자로 '引導'라고 쓰는데, '길이나 장소를 안내한다.'는 뜻이야.

이렇게 '소리는 같지만 뜻이 서로 다른 단어'를 동음이의어라고 해. 우리말에는 한자말로 된 동음이의어가 아주 많아. 이런 동음이의어와 반대말, 비슷한 말을 많이 알면 풍부한 어휘 실력을 갖게 되지.

국립국어원의 《표준국어대사전》에 실린 50만여 개의 단어를 분류했더니 한자어가 58.5퍼센트, 고유어가 25.9퍼센트, 기타 혼합 형태가 10.9퍼센트, 외래어가 4.7퍼센트였대. 우리가 사용하는 말 10개 중에 6개가 한자말인 셈이지. 하기 싫어도 한자말을 공부해야 하는 이유를 이제 알겠지?

이 책에서는 100개의 한자말도 배우지만, 동시에 동음이의어와 반대말, 비슷한 말도 두루 배울 수 있어. 일석이조가 아니라 일석사조가 되는 책인 거야.

그런데 한 가지 조심할 게 있어. 책을 볼 때 연필로 밑줄을 긋거나 한자를 따라 쓰면서 공부를 하겠다고 생각하지 마. 그냥 만화책처럼 술술 넘기면서 보도록 해. 그러다 보면 어느 순간 한자말과 많이 친해져 있을 거야. 게다가 여러 번 읽다 보면 그 뜻이 훤히 보이게 되지.

2015년 6월
우리말을 사랑하는 정명숙 선생님이

5

차례

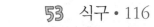

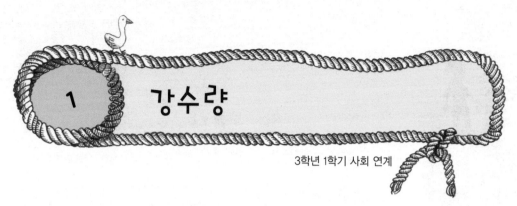

1 강수량

3학년 1학기 사회 연계

降 水 量
내릴 강　　물 수　　헤아릴 량

무슨 뜻일까?

'일정한 기간 동안 일정한 곳에 내린 비, 눈, 우박, 안개 등의 총량'을
뜻하는 말이야.

"우리나라의 연평균 **강수량**은 세계 평균보다 높은 1,245mm야."

비슷한 말이 있어!

강우량(降雨量)

'일정한 기간 동안 일정한 곳에 내린 비의 양'을 뜻해.

"측우기는 세계 최초의 **강우량** 측정기야."

세계에서 비가 가장 많이 내리는 곳은?

바로 인도의 체라푼지라는 마을이에요.

세계 평균 강수량이 880mm인데,

체라푼지의 연평균 강수량은 11,430mm래요.

최대 강수량이 23,000mm를 기록한 해도 있대요.

그렇다면 세계에서 가장 비가 적게 오는 곳은 어디일까요?

칠레의 아타카마 사막이에요.

이곳의 강수량은 1,000년에 100mm 정도밖에 안 된대요.

거의 비가 내리지 않는다는 얘기예요.

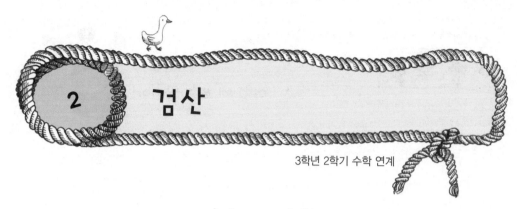

檢 算

검사할 검   셈 산

무슨 뜻일까?

'계산의 결과가 맞는지를 살펴보기 위해 다시 계산하는 것'을
뜻하는 말이야.

"수학 시험을 볼 때는 꼭 검산을 해야 한단다."

소리는 같지만 뜻이 다른 말이야!

검산(劍山)

'지옥에 있는, 수없이 많은 칼을 세워서 만든 산'을 뜻해.

"저 범인이 죽으면 무시무시한 검산에 가게 될 거야."

14

잔소리의 끝은 어디인가요?

"이 곱셈 문제는 왜 틀렸을까?"

시험지를 보며 엄마가 말씀하셨어요.

"실수한 거예요. 나, 곱셈 잘하는 거 알잖아요?"

현우가 아무 일 아니란 듯이 대답했어요.

"쉬운 문제라고 얕보면 안 돼.

수학 시험을 볼 때는 꼭 검산을 하라고 했잖니?

돌다리도 두드려 보고 건너라는 속담도 있잖아."

어휴, 엄마의 잔소리는 끝이 없었어요.

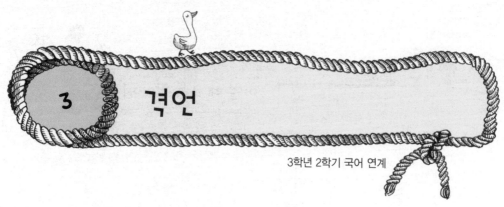

格言

격식 격   말씀 언

무슨 뜻일까?

'인생의 교훈이 될 만한 짧은 말'이라는 뜻이야.

"제가 아는 격언은 '일찍 일어나는 새가 벌레를 잡는다.'입니다."

비슷한 말이 있어!

명언(名言)

'사리에 맞는 훌륭한 말'을 뜻해.

"세 사람이 함께 가면 반드시 나의 스승이 있다는 명언이 있어요."

16

'내 소원은 대한 독립이오'

이런 격언을 남긴 사람은 누구일까?

'네 소원이 무엇이냐고 하고 하느님이 물으시면 나는 서슴지 않고

"내 소원은 대한 독립이오." 하고 대답할 것이다.

그다음 소원은 무엇이냐 하면 나는 또 "우리나라의 독립이오." 할 것

이요, 또 그다음 소원이 무엇이냐 하는 세 번째 물음에도 나는 더욱 소

리 높여서, "나의 소원은 우리나라 대한의 완전한 자주 독립이오." 하

고 대답할 것이다.'

맞았어! 《백범일지》를 쓰신

백범 김구 선생님이야.

나라를 사랑하는
어린이가 되거라.

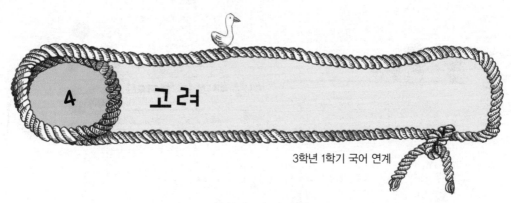

4 고려

3학년 1학기 국어 연계

高 麗
높을 고　고울 려

무슨 뜻일까?

'918년에 왕건이 궁예를 내쫓고 개성을 수도로 하여 세운 나라'야.

"고려의 최영 장군은 '황금 보기를 돌같이 하라.'는 명언을 남겼어."

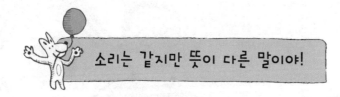
소리는 같지만 뜻이 다른 말이야!

고려(考慮)

'생각하고 헤아려 본다.'는 뜻이야.

"애들 의견이라고 무시하지 말고 진지하게 고려해 주세요."

18

'하여가'로 묻고 '단심가'로 답하다

이런들 어떠하리 저런들 어떠하리.

만수산 드렁칡이 얽혀진들 어떠하리.

우리도 이같이 얽혀져 백 년까지 누리리라.

내 시조나
이해하시오!

이방원은 아버지 이성계의 조선 건국을 앞두고

정몽주의 마음을 떠보기 위해 시조 〈하여가〉를 읊었어요.

이에 정몽주는 고려에 대한 충심을 〈단심가〉로 밝혔어요.

이 몸이 죽고 죽어 일백 번 고쳐 죽어

백골이 진토되어 넋이라고 있고 없고

님 향한 일편단심이야 가실 줄이 있으랴.

내 시조를
이해하시오?

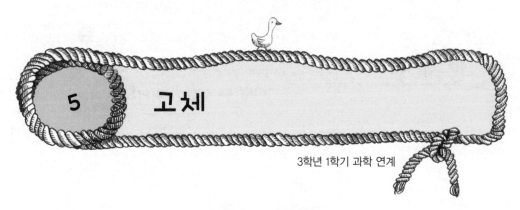

5 고체

固 體
굳을 고 몸 체

무슨 뜻일까?

'일정한 모양과 부피를 가진 물체'라는 뜻이야.

"액체 상태의 물이 얼면 고체인 얼음이 되지요."

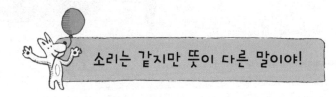

소리는 같지만 뜻이 다른 말이야!

고체(古體)

'글씨, 그림, 글 등의 옛날 모양새나 격식'을 뜻해.

"한글 글씨체는 고체에서 궁체로 변했어."

20

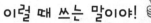
고체, 액체, 기체가 뭐냐고?

담는 그릇이 바뀌어도 모양과 크기가 변하지 않는 물질의 상태를

고체라고 해요.

소금, 설탕, 모래, 자갈, 나무토막 등이 고체에 속해요.

액체는 담는 그릇에 따라 모양은 변하지만

양은 변하지 않는 물질의 상태를 가리켜요.

물, 음료수, 식용유, 휘발유 등이 액체에 속해요.

기체는 담는 그릇에 따라 모양이 변하고

누르면 부피가 변하는 물질의 상태를 가리켜요.

공기, 우리가 뀌는 방귀가 바로 기체예요.

아무도 없지? 헤헤.

액체

고체

기체

부웅

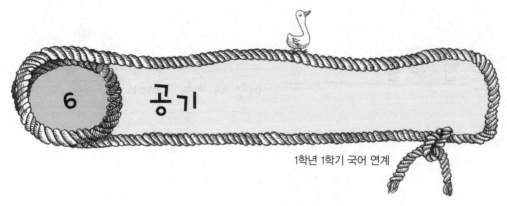

1학년 1학기 국어 연계

空 氣
빌 공   기운 기

무슨 뜻일까?

'지구 대기를 이루는 여러 가지 기체의 혼합물'을 뜻하는 말이야.

"누가 방귀 뀌었어? 공기가 오염됐잖아!"

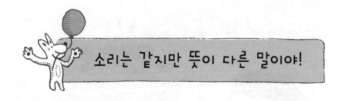

소리는 같지만 뜻이 다른 말이야!

공기(空器)

'주로 밥을 담아 먹는 데 쓰는 작은 그릇'을 뜻해.

"엄마! 밥 한 공기 더 먹을래요."

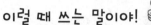

3분 동안 숨을 안 쉰다면?

사람은 숨을 쉬지 않으면 죽어요.

음식은 한 달 동안 안 먹어도 살 수 있고,

물은 일주일 동안 못 먹어도 살 수 있어요.

하지만 공기는 3분만 못 마셔도 죽게 돼요.

3분은 컵라면을 끓이는 시간인데,

그 짧은 시간도 숨을 참으면 죽는대요.

공기는 색깔도 없고 냄새도 없고 모양도 없어요.

눈에 보이지 않는다고 공기를 업신여기면 안 돼요.

사람의 목숨을 살릴 수도 있고, 죽일 수도 있거든요.

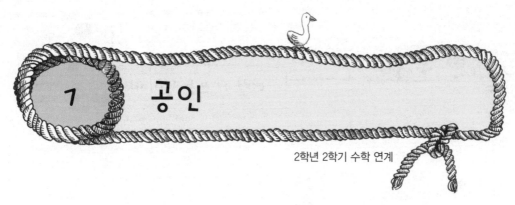

2학년 2학기 수학 연계

公 認
공평할 공   알 인

무슨 뜻일까?

'국가나 공공단체 또는 사회단체 등에서 어떤 자격을 공식적으로 인정하는 것'을 뜻하는 말이야.

"이번에 우리 오빠는 태권도 공인 2단 승급 심사에 합격했어."

소리는 같지만 뜻이 다른 말이야!

공인(公人)

'공직에 있는 사람'을 뜻해.

"음주운전을 한 공무원은

'공인으로서 물의를 일으켜 죄송합니다'라며 고개를 숙였어요."

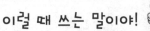

스승의 한을 풀어준 마라톤 선수

케냐의 키메토는 2014년 베를린 마라톤 대회에서 2시간 2분 57초의
세계 신기록을 세웠어요.

그는 원래 시골에서 농사를 짓던 평범한 청년이었어요.

당시 비공인 세계기록을 가지고 있던 무타이가 키메토의 재능을
알아보고 파트너로 삼았대요.

무타이는 2011년 보스턴 마라톤 대회에서 2시간 3분 2초의 기록을
세웠는데, 공식적으로는 인정받지 못했어요.

코스가 직선에 가까워 국제육상경기연맹의 규정에 맞지 않았대요.

그 한을 제자가 풀어 주어서 무척 뿌듯했을 거예요.

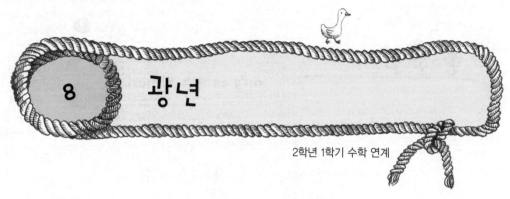

8 광년

2학년 1학기 수학 연계

光 年
빛 광　　해 년

무슨 뜻일까?

'빛이 진공 속에서 1년 동안 나아가는 거리'를 뜻하는 말이야.

"켄타우루스 별은 지구로부터 약 4.3광년 떨어진 항성이야."

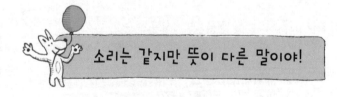

소리는 같지만 뜻이 다른 말이야!

광년(曠年)

'까마득히 오랜 세월'을 뜻해.

"식물이 몇 광년 동안 땅속에서 열과 압력을 받으면 석탄이 된대."

26

1광년을 승용차로 간다면?

1광년의 거리는 9조 4670억 7782만 킬로미터예요.

그 거리가 어느 정도인지 짐작할 수 없을 거예요.

우리가 이용하는 교통 수단으로 계산해 볼까요?

이 거리를 승용차가 쉬지 않고 달린다면 약 720만 년이 걸린대요.

비행기로는 약 120만 년이 걸리고, 제트기로는 88만 년이 걸리고,

로켓으로는 38만 년이 걸린대요.

이제 엄청난 거리라는 걸 알겠죠?

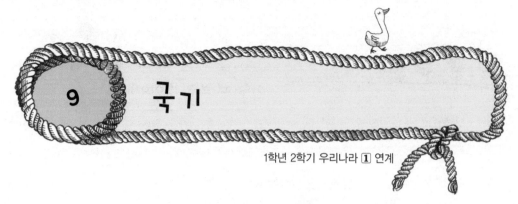

9 국기

1학년 2학기 우리나라 1 연계

國 旗
나라 국　깃발 기

무슨 뜻일까?

'나라를 상징하는 기'를 뜻하는 말이야.

"국민의례가 있겠습니다. 모두 자리에서 일어서 주시기 바랍니다.

국기에 대하여 경례!"

소리는 같지만 뜻이 다른 말이야!

국기(國技)

'나라에서 전통적으로 즐겨 내려오는 운동이나 기예'를 뜻해.

"우리나라의 국기는 씨름과 태권도이고, 미국의 국기는 야구야."

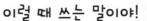

이럴 때 쓰는 말이야!

국기 모양이 다 사각형은 아니야

국기를 보면서 눈시울이 뜨거워질 때가 있어요.

우리나라 선수가 올림픽에서 금메달을 따고 나서

태극기가 올라가면서 애국가가 울려 퍼지면 가슴이 뭉클해지죠.

우리나라의 태극기, 미국의 성조기, 프랑스의 삼색기는

모두 사각형 모양이에요.

그런데 세계에서 유일하게 사각형 모양이 아닌 국기가 있어요.

네팔의 국기는 삼각형 두 개를 위아래로 겹쳐 놓은

특이한 모양이에요.

네팔 국기랑
우리 깃발은
삼각형인데……

金 屬
쇠 금　무리 속

무슨 뜻일까?

'열이나 전기를 잘 전도하고, 펴지고 늘어나는 성질이 풍부하며,
특수한 광택을 가진 물질'을 뜻하는 말이야.
금, 은, 구리, 철 등을 꼽을 수 있어.
"철은 금속의 전체 양에서 절반 이상을 차지한대요."

반대말이야!

비금속(非金屬)

'금속의 성질을 가지지 않은 물질'을 뜻해.
"비금속 광물에는 석회석, 고령토, 다이아몬드 등이 있어요."

 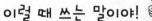

고려 시대에 등장한 금속 활자

고려 시대의 과학 기술은 수준이 꽤 높았어요.

그 증거가 바로 세계에서 가장 오래된 금속 활자로 인쇄된 책인

《직지심체요절》이에요.

금속 활자는 오래 보관할 수 있고, 활자를 조합하여 글자를 찍을 수

있어 여러 종류의 책을 인쇄할 수 있었어요.

금속 활자를 발명하기 전에는 목판 활자를 사용했어요.

목판 활자도 많은 양의 책을 찍어 낼 수 있었지만,

갈라지고 휘어지는 나무의 성질 때문에 보관하기가 어려웠어요.

우리 고려인들이
금속 활자를
만들었답니다!

지금 우리를
자랑하나 봐.

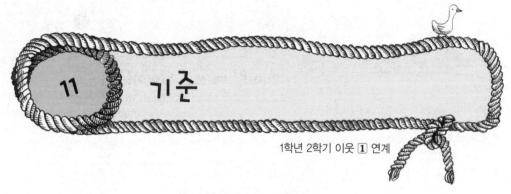

1학년 2학기 이웃 ① 연계

基 準
터 기　준할 준

무슨 뜻일까?

'기본이 되는 표준'을 뜻하는 말이야.

"월요일을 기준으로 한 주의 마지막 날은 일요일이야."

비슷한 말이 있어!

규격(規格)

'일정한 규정에 들어맞는 격식'을 뜻해.

"육상 경기 트랙의 국제 표준 규격은 한 바퀴가 400미터야."

기준이 뭐고 좌우가 뭐야?

어제 입학식을 한 1학년 아이들이 운동장에 모였어요.

"홍우현 기준!"

"……."

"홍우현, 큰소리로 기준이라고 외쳐야지!"

"기준!"

"양팔간격 좌우로 나란히!"

"……."

"모두들 뭐해? 홍우현만 빼고 양팔을 벌리고 넓게 서야지!"

"기준이 뭐야?"

체육 선생님이 구령을 붙여도 아이들은 멀뚱멀뚱 서 있었어요.

'기준'이라는 말도, '좌우'라는 말도 아직 몰랐기 때문이에요.

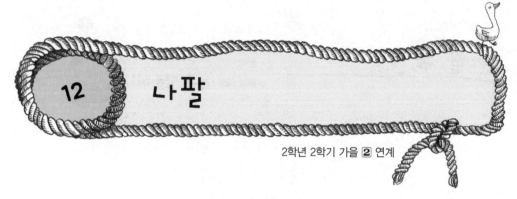

12 나팔

2학년 2학기 가을 2 연계

喇 叭

나팔 나   나팔 팔

무슨 뜻일까?

'군대에서 행군하거나 신호할 때 쓰는 금속으로 만든 관악기'를 뜻해.

"위풍당당 행진곡을 들으면 **나팔** 소리가 많이 들려요."

비슷한 말이 있어!

기상나팔(起牀喇叭)

'군대나 기숙사 등에서 아침에 잠자리에서 일어나라는 신호로 부는 나팔'을 뜻해.

"**기상나팔**이 얼마나 큰지 눈이 떠질 수밖에 없어."

34

나발이랑 나팔은 뭐가 다를까?

'나발'과 '나팔' 중에 맞는 말은 무엇일까요?

둘 다 맞는 말이에요.

'나발'은 국악기이고, '나팔'은 서양 악기를 가리켜요.

놋쇠로 만든 '나발'은 군대에서 호령하거나 신호할 때 사용해요.

한자는 '나팔(喇叭)'이라고 쓰지만,

센 소리를 피해 발음은 '나발'이라고 해요.

서양 악기인 '나팔'은 금속으로 만들어요.

둘 다 나팔꽃 모양이지만, 엄연히 서로 다른 악기랍니다.

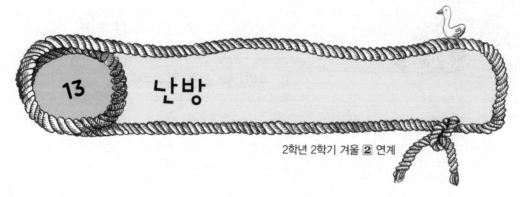

13 난방

煖 房
따뜻할 난   방 방

무슨 뜻일까?

'실내 온도를 높여 방을 따뜻하게 하는 일'을 뜻하는 말이야.

"난방 기구를 많이 사용하는 겨울에는 화재를 조심해야 해요."

반대말이야!

냉방(冷房)

'실내 온도를 낮춰 방을 차게 하는 일'을 뜻해.

"보일러가 고장 나서 냉방이야."

 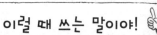

기자가 내복만 입고 있어

뉴스에 내복 차림의 기자가 나타났어요.

"뭐야, 저 아저씨! 너무 급해서 옷을 못 입었나 봐."

현우가 깔깔거리며 말했어요.

"겨울 한파에도 내복은 절대 안 입겠다는 젊은이들이 많습니다.

오들오들 떨지언정 스타일을 포기할 수 없다는 건데요.

내복을 입으면 몸이 따뜻해져 난방비를 줄일 수 있습니다.

에너지도 절약하고 감기도 들지 않도록

저처럼 내복을 입어 보는 것은 어떨까요?"

3학년 2학기 국어 연계

短 點
짧을 단   점 점

무슨 뜻일까?

'모자라고 허물이 되는 점'을 뜻하는 말이야.

다시 말해 '약한 점'이라는 말이지.

"동생의 **단점**은 엄마한테 고자질하는 거예요."

반대말이야!

장점(長點)

'긍정적이거나 좋은 점'을 뜻해.

"내가 생각하는 너의 **장점**은 떡볶이를 잘 사 주는 거야."

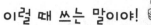

키 작은 축구 영웅도 있어

"얘야, 왜 울고 있니?"

"친구들이 제 키가 작아서 축구 선수가 못 될 거래요."

"나도 키가 작지만 축구 선수가 되었단다."

이렇게 아이에게 용기를 주었던 축구 선수는

바로 브라질의 축구 영웅 펠레였어요.

펠레는 키가 작다는 단점에도 불구하고

역사상 가장 훌륭한 축구 선수로 인정받았어요.

39

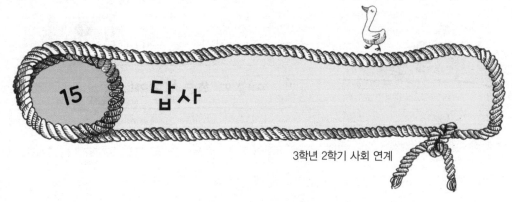

3학년 2학기 사회 연계

踏 査
밟을 답 조사할 사

무슨 뜻일까?

'현장에 가서 직접 보고 조사하는 것'을 뜻하는 말이야.

"이번 답사는 백제의 역사를 공부하기 위해

공주와 부여로 떠나기로 했어요."

소리는 같지만 뜻이 다른 말이야!

답사(答辭)

'식장에서 환영사나 환송사 등에 답례로 하는 말'을 뜻해.

"이번에는 졸업생 대표의 답사가 있겠습니다."

답사를 떠나기 전에 뭘 해야 할까?

답사는 역사, 지리, 정치, 경제, 사회, 문화 등에 대한 현상을

현장에 직접 나가 관찰하거나 조사하는 학습 방법이에요.

답사를 가면 생각하는 힘도 기를 수 있고,

호기심을 통해 학습 의욕을 높이는 효과도 얻을 수 있어요.

답사를 떠나기 전에는 사전 학습을 하는 게 좋아요.

유물과 유적에 대한 역사적 사실을 미리 알고 있으면

현장에서 더 적극적으로 보고 배울 수 있거든요.

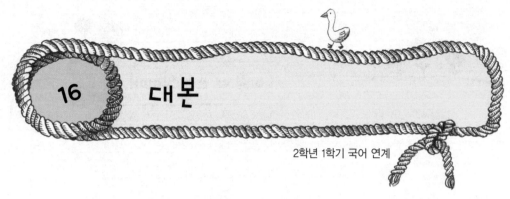

2학년 1학기 국어 연계

臺 本
대 대   근본 본

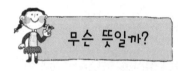

무슨 뜻일까?

'연극의 상연이나 영화 제작에 기본이 되는 말이 쓰여진 글'을
뜻하는 말이야.

"오늘 촬영을 할 건데 지금 **대본**을 주면 어떻게 해요?"

비슷한 말이 있어!

희곡(戲曲)

'공연을 목적으로 하는 연극의 대본'을 뜻해.

"《말괄량이 길들이기》는 셰익스피어의 대표적인 **희곡**이에요."

연극을 하려면 말이야

한 편의 연극을 만들기 위해서는 세 가지가 필요해요.

첫째, 배우가 필요해요.

연극을 하는 배우가 없으면 공연을 할 수 없어요.

둘째, 희곡이 필요해요.

대본이 없으면 배우들이 대사를 할 수가 없어요.

셋째, 관객이 필요해요.

아무리 멋진 배우와 대본이 있다 해도 공연을 봐 줄 관객이 없다면

아무 소용이 없잖아요.

43

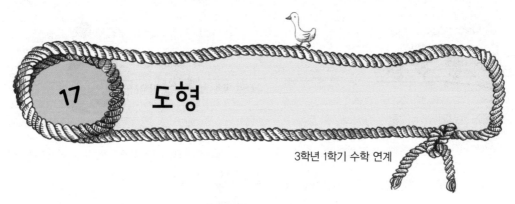

17 도형

3학년 1학기 수학 연계

圖 形
그림 도 모양 형

무슨 뜻일까?

'점, 선, 면이 모여 이루어진 사각형이나 원, 구의 모양'을
뜻하는 말이야.

"동생이랑 여러 가지 도형을 섞어 놓고 퍼즐 맞추기 게임을 했어."

소리는 같지만 뜻이 다른 말이야!

도형(徒刑)

'조선 시대에 죄인에게 중노동을 시키던 형벌'을 뜻해.

"조선 시대의 형벌에는 태형, 장형, 도형, 유형, 사형이 있었대."

 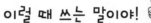

입체도형은 부피가 있어

평면 위에 그려진 도형을 평면도형이라 하고,

공간에서 일정한 크기를 차지하는 도형을 입체도형이라 해요.

입체도형이 평면도형보다 한 차원 높다고 할 수 있어요.

입체도형은 여러 개의 평면으로 둘러싸여 부피를 가지거든요.

자, 다음 그림에서 평면도형 세 개를 찾아볼까요?

나머지는 모두 입체도형이에요.

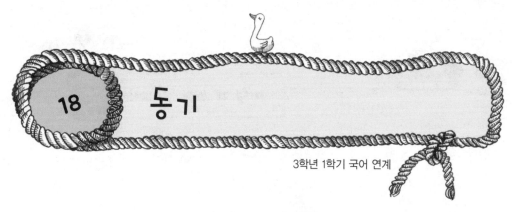

18 동기

3학년 1학기 국어 연계

動 機
움직일 동 틀 기

무슨 뜻일까?

'어떤 일을 하거나 마음을 먹게 하는 계기나 이유'를 뜻하는 말이야.

"박지성 선수가 축구를 시작하게 된 동기가 궁금해요."

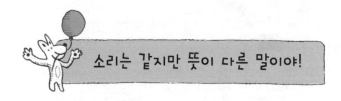

소리는 같지만 뜻이 다른 말이야!

동기(同期)

'같은 시기에 같은 곳에서 교육을 함께 받은 사람'을 뜻해.

"우리 엄마와 아빠는 초등학교 동기예요.

그래선지 친구처럼 보일 때가 많아요."

46

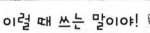

베끼는 건 안 돼

선생님이 독서감상문 숙제를 내주면서 말씀하셨어요.

"독서감상문은 책을 읽고 나서 생각이나 느낌을 쓰는 글이에요.

첫머리에는 책을 읽게 된 동기, 다시 말해 이유와

책을 펼쳤을 때의 느낌을 쓰는 게 좋아요.

그렇다고 모든 독후감에 동기를 쓸 필요는 없어요.

책의 주인공에게 편지를 쓰듯이 써도 되고,

글을 쓰기 싫으면 만화로 그려도 돼요.

책 한 페이지를 베껴 오는 친구가 있는데

그러면 안 돼요."

글은 짧게, 그림은 크게! 한 장 다 채웠다!

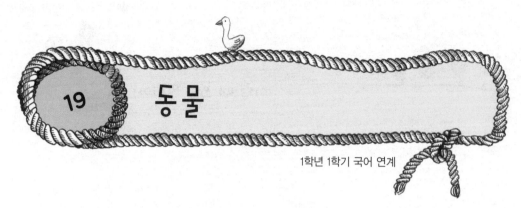

1학년 1학기 국어 연계

動 物

움직일 동   만물 물

무슨 뜻일까?

'스스로 운동을 하며 살아 움직이는 생물'을 뜻하는 말이야.

"오리너구리라는 동물은 포유류인데 알을 낳는대."

반대말이야!

광물(鑛物)

'암석을 이루는 작은 알갱이'를 뜻해.

"반짝거리는 광물이라고 모두 금은 아니야."

48

곤충이라고 무시하지 마

곤충도 동물이냐고요? 그걸 정말 몰라서 묻는 거예요?

그 말을 벌에게 했다면 틀림없이 벌침에 쏘였을 거예요.

한자 '움직일 동(動)' 자를 떠올려 보세요.

살아 움직이는 것은 다 동물이라고 보면 돼요.

동물이라고 하면 코끼리나 호랑이를 떠올리는 친구들이 많은데,

파리, 나비, 벌 같은 곤충도 동물이에요.

게다가 동물에서 곤충이 차지하는 비율이 80퍼센트나 된다고요.

이제 우리 곤충을 무시하는 친구는 없겠죠?

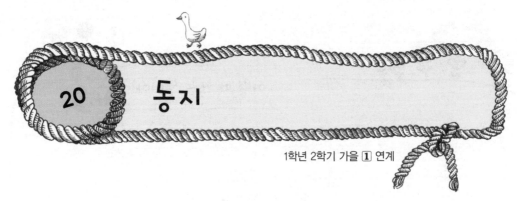

20 동지

冬 至

겨울 동　이를 지

무슨 뜻일까?

'일 년 중 낮이 가장 짧고 밤이 가장 긴 아주 추운 겨울날'을
뜻하는 말이야.

"나, 동지에 팥죽 먹었다! 그래서 내 주변엔 귀신이 못 와."

반대말이야!

하지(夏至)

'일 년 중 낮이 가장 길고 밤이 가장 짧은 날'을 뜻해.

"하지에 북극에서는 하루 종일 해가 지지 않는대."

 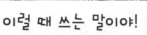

호랑이와 팥죽 이야기

호랑이가 팥 밭을 매는 할머니를 잡아먹으려고 했어요.

"제발 동지 팥죽을 끓일 때까지만 살려 주렴."

아주 추운 동짓날, 할머니의 친구들이 모여 호랑이를 물리쳤어요.

아궁이에 숨어 있던 알밤은 호랑이의 두 눈을 툭 때렸어요.

물독에 숨어 있던 자라는 호랑이 손을 꽉 깨물었어요.

부엌 바닥에 있던 소똥은 호랑이를 주르륵 미끄러뜨렸어요.

부엌문 위에 있던 맷돌은 호랑이 머리를 꽝 내리쳤어요.

마당에 있던 멍석은 호랑이를 돌돌돌 말았어요.

지게는 그 멍석을 지고 강가에 가서 휙 집어던졌어요.

21 동화

2학년 2학기 국어 연계

童 話
아이 동　말씀 화

무슨 뜻일까?

'어린이를 위해 쓴 이야기'를 뜻하는 말이야.

"《인어 공주》와 《성냥팔이 소녀》는 안데르센이 쓴 동화야."

소리는 같지만 뜻이 다른 말이야!

동화(同化)

'본래는 성질이나 성격이 달랐는데 서로 같게 되는 것'을 뜻해.

"수민이는 아침밥 대신에 햄버거 먹는대.

미국에서 한 달 살다 오더니 미국에 동화됐나 봐."

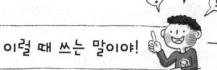

배불뚝이도 배불뚝이 나름이지

동시, 동요, 동화의 공통점은 무엇일까요?

맞아요. 맨 앞에 한자 '아이 동(童)' 자가 들어 있는 거예요.

동시는 '어린이를 위해 쓴 시'를 말하고,

동요는 '어린이를 위해 쓴 노래'를 말하고,

동화는 '어린이를 위해 쓴 이야기'를 가리켜요.

'책은 마음의 양식'이라고 하던데

책을 많이 읽어 마음이 배불뚝이가 되는 것과

햄버거를 많이 먹어 배불뚝이가 되는 것은 많이 다른가요?

책을 읽으란 거야,
말라는 거야?
겁나서 책 읽겠니?

너도 책을 많이
보면 이렇게 돼!

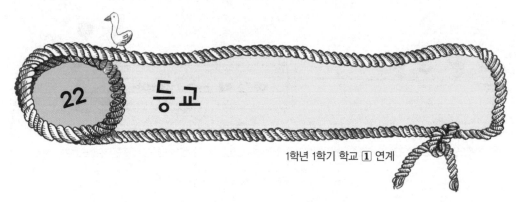

22 등교

1학년 1학기 학교 1 연계

登 校

오를 등　학교 교

무슨 뜻일까?

'학교에 공부하러 가는 것'을 뜻하는 말이야.

"늦잠을 자서 아침밥도 못 먹고 등교했어."

반대말이야!

하교(下校)

'공부를 마치고 학교에서 집으로 돌아오는 것'을 뜻해.

"어린이 교통사고는 등교 시간보다 하교 시간에 더 많이 일어난대."

54

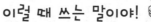

우리는 대야를 타고 학교에 가

강을 건너려면 무엇을 타야 할까요?

당연히 '배'라고 대답할 거예요.

하지만 캄보디아의 작은 수상촌에 사는 아이들은 이렇게 대답해요.

"대야!"

그곳 아이들은 강 건너 학교에 등교할 때에도 대야를 타요.

하교할 때에도 대야를 타고 집으로 돌아와요.

가난해서 배를 탈 돈이 없는 아이들이 발명한 '대야 등굣길'이래요.

난 오늘 시험이야.

너도 학교 가니?

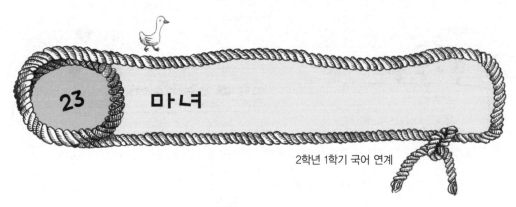

2학년 1학기 국어 연계

魔 女

마귀 마   여자 녀

무슨 뜻일까?

'주문과 마술을 써서 사람에게 불행을 가져다 주는 여자'를 뜻해.

"《백설 공주》에 나오는 마녀는 공주병에 걸렸다고 생각합니다. 왜냐하면 거울한테 매일 이 세상에서 누가 가장 예쁘냐고 물었기 때문입니다."

비슷한 말이 있어!

마귀(魔鬼)

'요사스럽고 못된 귀신'을 뜻해.

"마귀 할멈은 초코 케이크로 헨젤과 그레텔을 유혹했어."

56

깔깔 마녀의 정체가 궁금해

여의도에 있는 밤섬에는 늘 깔깔깔 웃는 '깔깔 마녀'가 살아요.

깔깔 마녀는 천사 같은 표정으로 이렇게 말한대요.

"깔깔 농장으로 놀러 오세요! 아이들은 모두 공짜랍니다.

특히 심술쟁이, 게으름뱅이, 말 안 듣는 아이는 더 환영해요."

그런데 조금 이상한 점이 있어요.

그곳에 한번 놀러 가면 집에 돌아오지 않는다는 거예요.

깔깔 농장이 너무 신나서 돌아오지 않는 걸까요?

아니면 소문대로 아이들이 마법에 걸려 동물로 변해 버린 걸까요?

심술쟁이는 더 환영이야!

깔깔농장

엄마 몰래 나오느라 늦었어.

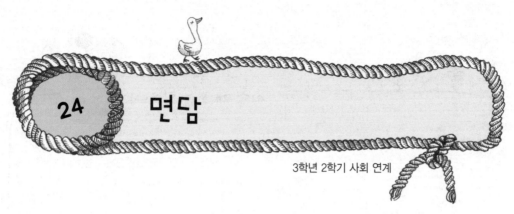

24 면담

面 談
낮 면   말씀 담

무슨 뜻일까?

'서로 만나서 이야기하는 것'을 뜻하는 말이야.

"어린이날 선물 관련해서 엄마에게 **면담**을 신청하고 싶어요."

비슷한 말이 있어!

상담(相談)

'문제를 해결하기 위해 서로 의논하는 것'을 뜻해.

"아들이 너무 말을 안 들어서 **상담**을 받고 싶어요."

엄마가 선생님한테 혼나는 거야?

선생님이 민혁이에게 말했어요.

"점심시간에 선생님이랑 면담 좀 할까?"

민혁이가 아무렇지 않게 "네."라고 대답하자,

현수가 귓속말로 소곤거렸어요.

"선생님한테 혼날 텐데 걱정도 안 되니?"

"왜 혼나? 난 잘못한 일이 없는데?"

"면담한다는 혼난다는 말과 같은 말이거든."

"그럼 학부모 면담 주간은 엄마들이 학교에 와서 혼나는 주간이야?"

앞으로 숙제 꼭 시킬게요.

면담 때 엄마가 와서 혼난 거야?

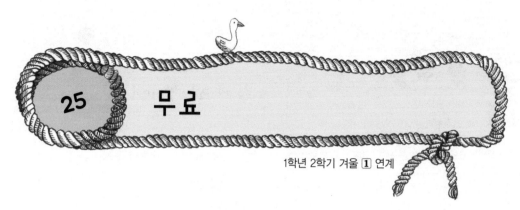

25 무료

無 料
없을 무 헤아릴 료

무슨 뜻일까?

'요금이 없음'을 뜻하는 말이야.

'공짜'라는 말과 같은 뜻이지.

"첫 공연은 특별히 무료래. 선착순 10명한테는 솜사탕도 공짜로 준대."

반대말이야!

유료(有料)

'요금이 있음'을 뜻해.

"내가 즐겨보는 웹툰이 있는데, 다음 달부터 유료가 된대."

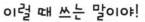

놀이공원이 무료래요

어린이날에 어디에 가고 싶으냐고요?

물론 놀이공원이죠.

세상 그 어느 곳도 놀이공원만큼 재미있지 않을 거예요.

그런데 놀이공원에서 어린이날 특별 이벤트로

어린이는 무료 입장을 시켜준대요.

"와, 신난다!"

이번 어린이날에는 엄마, 아빠에게 놀이공원에 가자고 해야겠어요.

놀이기구도 마음껏 타고 신나게 놀다가 올 거예요.

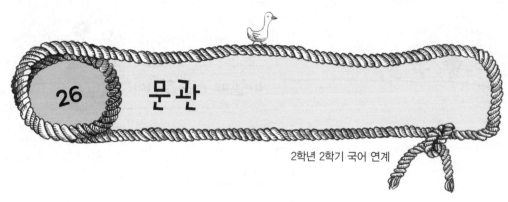

文 官
글월 문   벼슬 관

무슨 뜻일까?

'글을 많이 읽은 문과 출신의 벼슬아치'를 뜻하는 말이야.

"정조 임금은 문관이 직급이 높은 무관에게 인사를 하지 않자 이를 바로잡았어."

반대말이야!

무관(武官)

'무과 출신의 벼슬아치'를 뜻해.

"왕은 궁의 가운데 문을, 무관은 왼쪽 문을, 문관은 오른쪽 문을 사용했대."

학과 호랑이는 무엇을 의미할까?

옛날 사람들은 문관과 무관을 어떻게 구분했을까요?

관리들이 입고 있는 관복의 흉배로 구분했어요.

흉배는 관복의 가슴과 등에 붙이는 헝겊 조각이에요.

문관의 관복에는 학 문양의 흉배를,

무관의 관복에는 호랑이 문양의 흉배를 붙였어요.

지위의 높고 낮음은 학과 호랑이의 숫자로 알았대요.

학과 호랑이의 숫자가 많을수록 지위가 높았거든요.

학처럼 고고하게 공부를 했으니 좋은 정치를 하겠소.

나는 호랑이처럼 용감하게 싸우겠소.

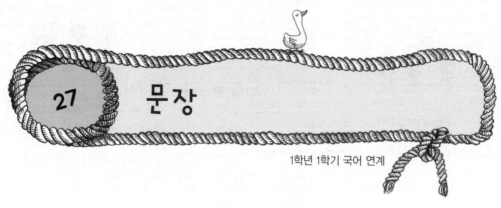

27 문장

文 章
글월 문　글 장

무슨 뜻일까?

'생각이나 감정을 말로 표현할 때 완결된 내용을 나타내는 최소 단위'를
뜻하는 말이야.

"단어가 모여서 문장이 되고, 문장이 모여서 문단이 되는 거야."

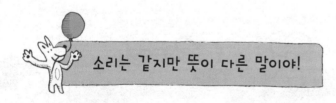

소리는 같지만 뜻이 다른 말이야!

문장(紋章)

'국가나 일정한 단체 등을 나타내는 상징적인 표지'를 뜻해.

"오스트레일리아 정부 문장에는 호주를 대표하는 캥거루가 그려져
있어."

글쓰기도 연습이 필요해

혹시 동에 번쩍, 서에 번쩍 하는 홍길동을 알고 있나요?

그 《홍길동전》을 쓴 사람이 바로 나, 허균이에요.

《홍길동전》은 우리나라 최초의 한글 소설이기도 해요.

여러분도 글을 잘 쓰고 싶다고요?

그러면 짧은 글짓기 연습을 많이 하도록 해요.

문장 쓰기 연습을 자꾸 하다 보면 긴 문단도 쓸 수 있고,

나중에는 좋은 글도 쓸 수 있을 거예요.

홍길동도 처음부터 분신술을 부린 건 아니야. 피나는 연습을 했단다.

두둥!

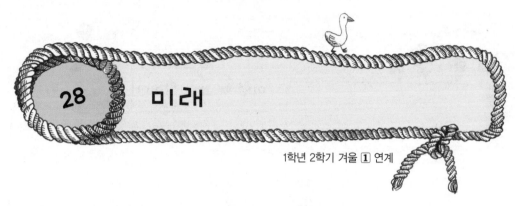

1학년 2학기 겨울 ① 연계

未 來
아닐 미   올 래

무슨 뜻일까?

'앞으로 올 때'라는 뜻이야.

'앞날', '장래', '훗날'과 비슷한 말이지.

"20년 후 미래의 나는 진짜 야구 선수가 되어 있을까?"

반대말이야!

과거(過去)

'이미 지나간 때'를 뜻해.

"지나간 어제는 과거이고, 오늘은 현재, 다가올 내일은 미래라고 해."

이야기보따리 방정환 선생님

"어린이는 나라의 보배입니다. 어른들은 미래의 희망이요,

주인공이 될 우리 어린이들을 사랑하고 존경합시다!"

어린이날을 만드신 소파 방정환 선생님은

'이야기보따리'로도 유명했어요.

얼마나 이야기가 재미있는지 듣는 사람들이 배꼽을 잡고 웃었대요.

또, 슬픈 이야기를 할 때는 어찌나 구슬프게 하는지

선생님을 감시하던 일본 경찰도 눈물을 흘렸대요.

그래서 '경찰을 울린 사람'이라는 별명까지 생겼대요.

67

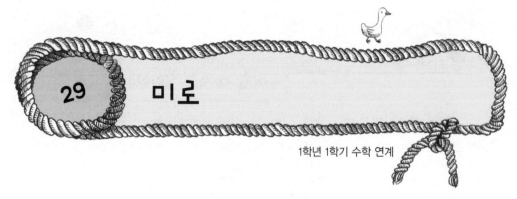

29 미로

1학년 1학기 수학 연계

迷 路

미혹할 미　길 로

무슨 뜻일까?

'한 번 들어가면 쉽게 빠져나오기 어려운 복잡한 길'이라는 뜻이야.

"시골에서 오신 할머니는 아파트에 찾아오는 길이 미로 같았대요."

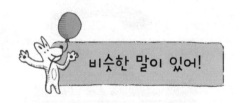

비슷한 말이 있어!

미궁(迷宮)

'한 번 들어가면 쉽게 빠져나올 수 없는 곳'을 뜻해.

"미로는 영국 햄프턴코트 궁전의 미궁에서 아이디어를 얻었단다."

테세우스와 아리아드네 이야기

크레타의 왕 미노스는 손재주가 좋은 다이달로스에게

들어갈 수는 있어도 빠져나올 수 없는 미궁을 만들게 했어요.

그곳에 사람을 잡아먹는 골칫거리 괴물 미노타우로스를 가두었지요.

그러고는 아테네 왕을 협박해

해마다 처녀 총각 12명을 제물로 바치게 했어요.

크레타의 공주 아리아드네는 제물이었던 테세우스 왕자에게 반했어요.

그래서 실 뭉치와 함께 미로를 빠져나오는 방법을 알려 주었어요.

결국 테세우스는 무사히 미궁을 빠져나왔어요.

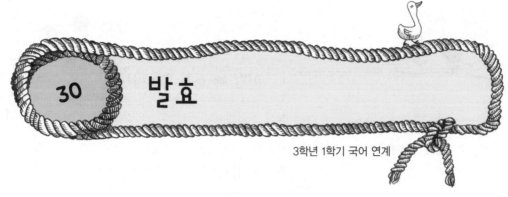

30　발효

醱　酵

술 괼 **발**　삭힐 **효**

무슨 뜻일까?

'효모나 세균 같은 미생물이 유기물을 분해하여 새로운 물질이 생기는 현상'을 뜻하는 말이야.

"치즈는 우유에 들어 있는 카세인을 **발효**시켜 만든 식품이야."

소리는 같지만 뜻이 다른 말이야!

발효(發效)

'조약, 법, 공문서 따위의 효력이 나타나는 것'을 뜻해.

"황사주의보가 **발효**되었대요. 마스크를 써야겠어요."

내가 바로 세계적인 발효 식품

김치의 우수성은 바로 '발효'에 있어요.

발효가 되면서 미생물이 작용하여

맛과 풍미를 좋게 하는 유산균이 만들어지거든요.

일본도 '기무치'가 있기는 해요.

하지만 국제식품규격위원회에서는 김치를 세계적인 발효 식품으로

공식적으로 인정했어요.

우리나라 김치가 채소와 젓갈, 양념이 섞인 우수한 발효 식품이며,

수천 년 동안 전 국민이 김치를 반찬으로 먹어 왔다는 점을

이유로 들었어요.

얼마든지 대결해 주겠어.

제가 경기장을 잘못 찾아왔어요.

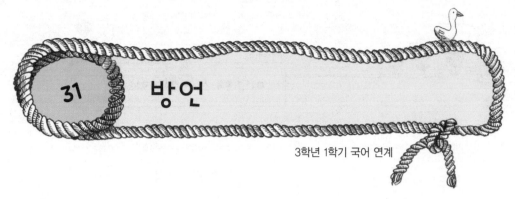

方 言
네모 방　말씀 언

무슨 뜻일까?

'어느 한 지방에서만 쓰는, 표준어가 아닌 말'을 뜻하는 말이야.

'사투리'와 같은 뜻이지.

"'단디 해라이.'는 제대로 하라는 뜻의 경상도 방언이야."

반대말이야!

표준어(標準語)

'한 나라가 언어를 통일하기 위해 표준으로 정한 말'을 뜻해.

"교양 있는 사람들이 오늘날 두루 쓰는 서울말을 우리나라 표준어로 정했어."

72

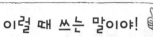

'혼저 옵서'가 뭐야?

전라도 하면 전주 비빔밥, 함경도 하면 아바이 순대!

지역마다 특색 있는 음식이 있듯이

언어도 지역마다 특색이 있어요.

그걸 방언이라고 해요.

경상도의 '뭐라카노?'는 '무엇이라고 했니?'라는 뜻이고,

제주도의 '혼저 옵서.'는 '어서 오십시오.'라는 뜻이에요.

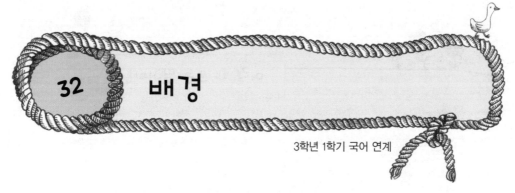

3학년 1학기 국어 연계

背景
등 배　　경치 경

무슨 뜻일까?

'사건이나 환경, 인물을 둘러싼 주위의 경치'라는 뜻이야.

"영화 '국제시장'의 배경이었던 부산의 국제시장으로 놀러 갔어."

비슷한 말이 있어!

후원(後援)

'뒤에서 도와주는 것'을 뜻해.

"키다리 아저씨의 후원으로 고아 소녀 주디는 멋진 숙녀로 자랐지."

74

《토끼와 거북이》에서 필요한 것들

인물, 사건, 배경은 이야기를 엮을 때 꼭 필요한 세 가지예요.

인물은 이야기에서 어떤 일을 벌이거나 겪는 사람이고,

사건은 이야기에서 벌어지는 일을 말하고,

배경은 이야기에서 일이 벌어지는 시간과 장소를 가리켜요.

《토끼와 거북이》에서 인물, 사건, 배경을 알아볼까요?

'인물'은 주인공인 토끼와 거북이고,

'사건'은 누가 더 빠른지 경주를 벌이는 것이고,

'배경'은 아주 오랜 옛날 숲속이에요.

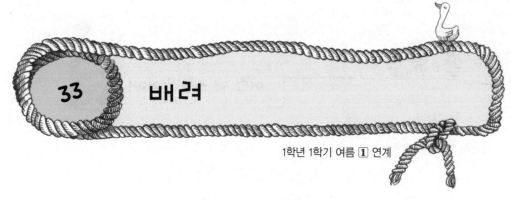

配 慮
나눌 배   생각할 려

무슨 뜻일까?

'도와주거나 보살펴 주려고 마음을 쓴다.'는 뜻이야.

"누나니까 무조건 배려하라는 건 억지예요."

비슷한 말이 있어!

염려(念慮)

'앞일에 대하여 여러 가지로 마음을 써서 걱정하는 것'을 뜻해.

"여러분의 염려 덕분에 빨리 회복했어요."

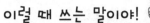

등불을 왜 들고 다니냐고?

깜깜한 밤에 누군가 등불을 들고 우물가로 걸어왔어요.

등불을 들고 물동이를 이고 있는 사람은

한 마을에 사는 장님이었어요.

마을 사람이 비웃듯이 말했어요.

"앞을 보지도 못하면서 등불은 왜 들고 다니는 거예요?"

"이 등불은 여러분을 위한 것입니다.

다른 사람이 저와 부딪히지 않도록 배려하는 것이지요."

장님의 말에 마을 사람의 얼굴이 빨개졌어요.

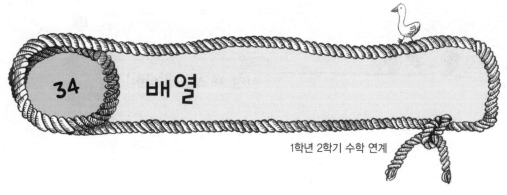

34 배열

1학년 2학기 수학 연계

配 列
나눌 배   벌일 열

무슨 뜻일까?

'일정한 차례나 간격에 따라 늘어놓는 것'을 뜻하는 말이야.

"책을 꼭 시리즈별로 배열할 필요는 없잖아요?"

비슷한 말이 있어!

정렬(整列)

'가지런하게 줄지어 늘어서는 것'을 뜻해.

"내가 맡은 일은 현관의 신발을 가지런하게 정렬해 놓는 거야."

꽃잎에 뭐가 숨어 있다고?

1, 1, 2, 3, 5, 8, 13, 21, 34, 55…….

여기에 어떤 규칙이 숨어 있을까요?

1+1=2, 1+2=3, 2+3=5, 3+5=8, 5+8=13, 8+13=21…….

두 수의 합이 바로 뒤의 수가 되는 걸 알 수 있어요.

이런 수의 배열을 '피보나치 수열'이라고 해요.

꽃잎에도 피보나치 수열이 숨어 있어요.

붓꽃은 3장, 채송화는 5장, 코스모스는 8장, 과꽃은 21장, 데이지는

34장……. 거의 모든 꽃잎이 3장, 5장, 8장, 13장이랍니다.

너희의 비밀을 다 알고 있단다.

누가 말했니? 빨리 자수해라.

난 처음 보는 사람이야.

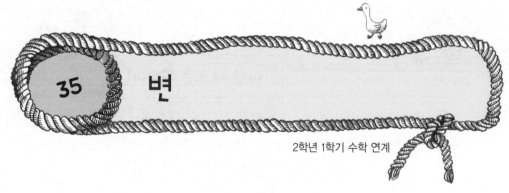

2학년 1학기 수학 연계

邊

가장자리 변

무슨 뜻일까?

'다각형을 이루는 각 선분'을 뜻하는 말이야.

다시 말해 '물체의 가장자리'를 가리키지.

"네 변의 길이와 네 각의 크기가 같은 사각형은 정사각형입니다."

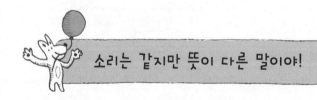

소리는 같지만 뜻이 다른 말이야!

변(便)

'대변과 소변을 아울러 이르는 말'이야.

"아침에 변이 잘 안 나와서 화장실에 오래 있게 돼."

황금비가 텔레비전 화면에?

정오각형의 대각선을 보세요.

짧은 변과 긴 변의 길이의 비는 5 : 8이에요.

이때 짧은 변을 1이라 하면 약 1 : 1.618이 돼요.

이것을 '황금비'라고 해요.

피타고라스는 정오각형의 각 대각선은 서로를 황금비로 나누면서

가운데 작은 정오각형을 만든다는 사실을 발견했어요.

아테네의 파르테논 신전, 밀로의 비너스상도 황금비를 이용했어요.

신용카드, 명함, 텔레비전 화면도 황금비를 이용한 것이랍니다.

TV 화면도
황금비를
사용했단다.

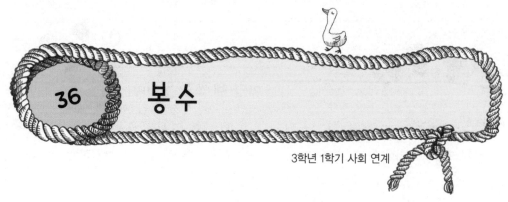

36 봉수

烽 燧

봉화 봉   부싯돌 수

무슨 뜻일까?

'고려·조선 시대에 낮에는 연기, 밤에는 횃불을 올려 지방에서 일어나는 급한 일을 서울에 알리던 제도'를 뜻해.

"봉수는 핸드폰이 없던 시절의 통신수단이라고 할 수 있어."

비슷한 말이 있어!

봉화(烽火)

'나라에 큰일이 있을 때 신호로 올리던 불'을 뜻해.

"외적이 침입했다. 빨리 봉화를 피워 올려라!"

봉수대는 화를 참고 있어

밤에 피워 올리는 횃불을 '봉'이라 하고,

낮에 피워 올리는 연기를 '수'라고 해요.

적의 침입이 없는 평상시에는 횃불 한 개,

적이 나타났을 때는 횃불 두 개,

적이 국경에 접근했을 때는 횃불 세 개,

적이 국경을 침범했을 때는 횃불 네 개,

적과 싸움이 시작되었을 때는 횃불 다섯 개를 올렸대요.

지금 남산 봉수대에 가면 낙서 천지예요.

봉수대는 화가 나서 횃불 다섯 개를 올리고 싶을지 몰라요.

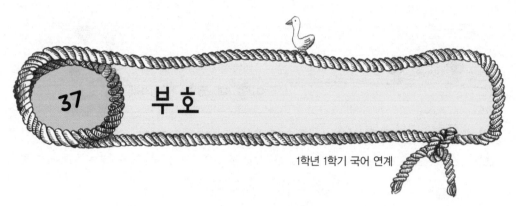

符 號

기호 부   부르짖을 호

무슨 뜻일까?

'어떤 뜻을 나타내는 기호'를 뜻하는 말이야.

"느낌표나 물음표 같은 문장**부호**가 있으면 문장을 이해하기 쉽지."

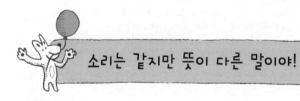

소리는 같지만 뜻이 다른 말이야!

부호(富豪)

'재산이 넉넉하고 세력이 있는 사람'을 뜻해.

'부자'와 비슷한 말이지.

"우리 삼촌은 용돈을 잘 주셔. 부호가 따로 없지."

84

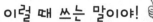

이럴 때 쓰는 말이야!

알맞은 수학부호를 넣어 봐

'더하기, 빼기, 곱하기, 나누기'를 뜻하는 수학 부호는

'+, −, ×, ÷'예요.

이 부호를 이용해 아래의 문제를 풀어 보세요.

단, 네 개의 부호를 한 번씩 다 사용해야 해요.

$$5 \square 4 \square 3 \square 2 \square 1 = 10$$

난 2학년 때 구구단을 외웠어.

난 다섯 살 때 더하기를 처음 배웠어.

우리는 뼈다귀만 셀 수 있으면 돼.

정답 $5 + 4 \times 3 \div 2 - 1 = 10$

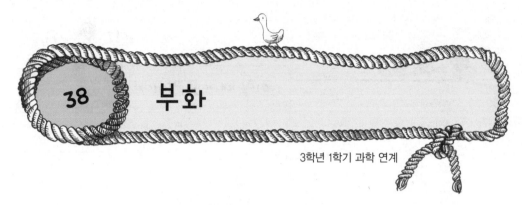

38 부화

3학년 1학기 과학 연계

孵 化
알 깔 부　될 화

무슨 뜻일까?

'새끼가 알을 깨고 나오는 것'을 뜻하는 말이야.

"멸종 위기의 남생이를 인공 부화시키는 데 성공했대요."

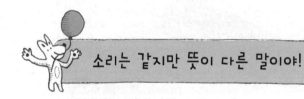

소리는 같지만 뜻이 다른 말이야!

부화(附和)

'줏대 없이 경솔하게 남의 의견에 따르는 것'을 뜻해.

"잘 생각해 보지도 않고 친구 말에 부화뇌동하다가는 큰 코 다칠 거야."

달걀을 품으면 병아리가 나올 거야

에디슨은 어렸을 때 이상하고 엉뚱한 아이로 불렸어요.

입학한 지 3개월 만에 초등학교에서 쫓겨나기도 했어요.

하지만 어머니는 아들에게 이렇게 말했어요.

"네가 너무 뛰어나서 학교가 따라오지 못하는 거란다."

에디슨이 달걀을 부화시키겠다고 품고 있을 때에도 칭찬해 주었어요.

"참으로 기발한 생각을 했구나."

훗날에 발명왕이 된 것은 어머니의 격려와 칭찬 때문인지도 몰라요.

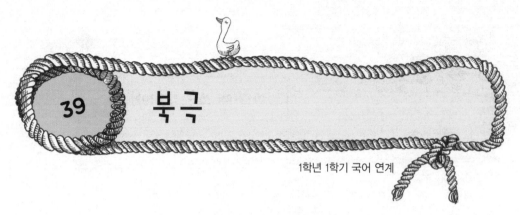

1학년 1학기 국어 연계

北 極
북녘 북　다할 극

무슨 뜻일까?

'지구의 북쪽 끝'을 뜻하는 말이야.

"북극곰은 북극에 살고, 펭귄은 남극에 살아요."

비슷한 말이 있어!

북극점(北極點)

'지구 북쪽의 끝 가운데 점'을 뜻해.

"북극점은 북위 90도 지점에 있고, 남극점은 남위 90도 지점에 있어."

북극과 남극 중 어디가 더 추울까?

북극과 남극은 일 년 내내 얼음과 눈으로 뒤덮여 있어요.

그렇다면 북극과 남극 중 어디가 더 추울까요?

북극곰이 사는 북극이 더 추울 것 같다는 사람이 많은데,

남극이 훨씬 더 추워요.

남극은 육지라서 바다에 비해 빨리 데워지고 빨리 식기 때문이에요.

대부분이 바다인 북극은 육지에 비해 천천히 데워지고 천천히 식어요.

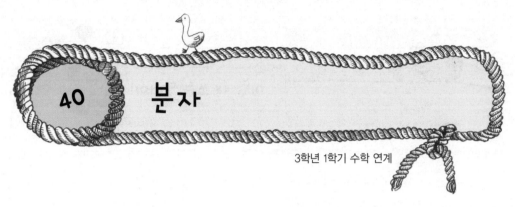

40 분자

3학년 1학기 수학 연계

分 子
나눌 분　아들 자

무슨 뜻일까?

'분수에서 가로줄 위에 있는 수'를 뜻하는 말이야.

"분수를 소수로 바꾸려면 분자를 분모로 나누면 돼."

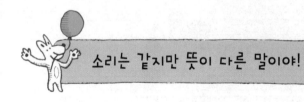

소리는 같지만 뜻이 다른 말이야!

분자(分子)

'물질의 화학적 성질을 가진 가장 작은 알갱이'를 뜻해.

"이 시간에는 더운물에 잉크를 떨어뜨려 분자의 운동을 관찰할 거예요."

엄마가 아이를 업고 있는 수라고?

가로줄 아래에 있는 숫자를 분모,

가로줄 위에 있는 숫자를 분자라고 해요.

분자가 분모보다 작으면 진분수라고 하고,

분자가 분모보다 크면 가분수라고 해요.

진분수 앞에 자연수가 있으면 대분수라고 해요.

분수는 엄마가 아이를 업고 있는 수라고 생각하면 쉬워요.

아기일 때는 엄마보다 작으니까 진분수,

어른이 되면 엄마보다 크니까 가분수,

노인이 되면 지팡이를 짚고 손자를 업은 대분수가 돼요.

엄마가 아이를 업고 있는 게 진분수야!

엄마, 괜찮아요?

내년부터는 안 업어 줄 거야.

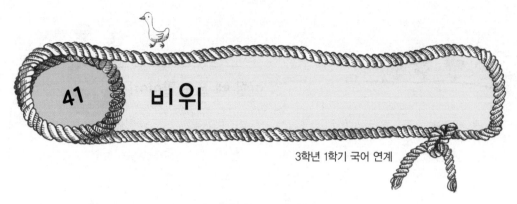

3학년 1학기 국어 연계

脾 胃
지라 비 밥통 위

무슨 뜻일까?

'지라(비장)와 위'를 뜻하는 말이야.

"나는 비위가 약해서 비린 음식은 입에도 못 대요."

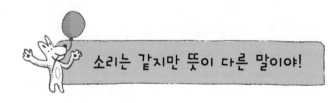

소리는 같지만 뜻이 다른 말이야!

비위(非違)

'법에 어긋나는 일'을 뜻해.

"비위나 비리로 물의를 일으킨 사람은 벌을 받게 됩니다."

이럴 때 쓰는 말이야!

'비위'가 뭐냐고?

마음에 거슬려 아니꼬울 때는 '비위가 사납다.'라고 하고,

길거리에서 토한 음식 찌꺼기를 보았을 때는

'비위가 상한다.'라고 말해요.

비위는 음식을 소화시키는 데 중요한 역할을 하는

'비장'과 '위장'을 의미해요.

몸이 자라는 데 필요한 영양을 골고루 배분해 주는 역할을 하지요.

그래서 비위의 기능이 좋으면 건강하게 쑥쑥 자랄 수 있어요.

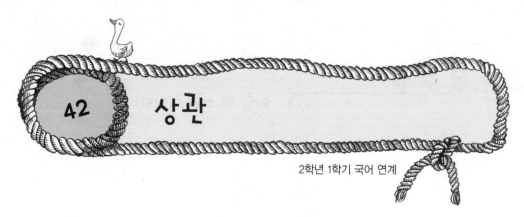

42 상관

相 關
서로 상   관계할 관

무슨 뜻일까?

'서로 관련을 가진다.'는 뜻이야.

'관계'와 비슷한 말이지.

"내 동생이 너한테 맞았는데 어떻게 상관이 없니?"

소리는 같지만 뜻이 다른 말이야!

상관(上官)

'자기보다 더 높은 자리에 있는 사람'을 뜻해.

"군인은 상관의 명령에 따라야 합니다."

모른 척하면 안 돼

학교에 가면 신나고 재미있는 일이 많아요.

그런데 여러 사람이 한 친구를 놀리거나 괴롭히는 일도

가끔 벌어져요.

우연히 그런 모습을 보았을 때

나와 상관없는 일이라고 모른 척해서는 안 돼요.

괴롭힘을 당하는 친구를 보았을 때,

선생님이나 어른들께 말하는 것은 고자질이 아니에요.

오히려 친구를 도와주는 좋은 일이에요.

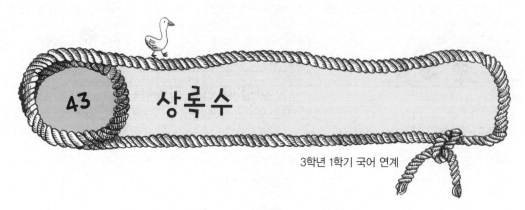

3학년 1학기 국어 연계

常 綠 樹

항상 상   초록빛 록   나무 수

무슨 뜻일까?

'일 년 내내 잎이 푸른 나무'를 뜻하는 말이야.

"옛날 사람들은 **상록수** 가지가 귀신을 쫓아 준다고 믿었대."

반대말이야!

낙엽수(落葉樹)

'겨울에 잎이 떨어져서 이듬해 봄에 새잎이 나는 나무'를 뜻해.

"창문 너머의 **낙엽수**에서 나뭇잎이 떨어지면 나도 모르게 쓸쓸해져요."

'한국의 전나무'를 알고 있니?

사계절 내내 잎이 푸른 상록수는 크리스마스트리로 많이 써요.

소나무, 전나무보다 더 인기 있는 나무가 바로 구상나무예요.

크리스마스가 고대 로마에서 유래한 것이다 보니

구상나무도 외국에서 왔다고 생각하는 사람이 많아요.

그런데 구상나무는 우리나라에만 있는 특별한 나무예요.

'한국의 전나무'라고 불리는 구상나무의 학명은

'Abies Koreana Wilson'이에요.

학명 안에 우리나라 이름이 들어가 있어요.

별은 내가 달았어요.

트리 내가 만들었어요.

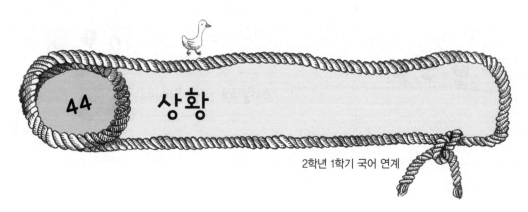

2학년 1학기 국어 연계

狀 況
형상 상　상황 황

무슨 뜻일까?

'일이 되어 가는 과정이나 형편'을 뜻하는 말이야.

"우리 팀 상황이 너무 불리해. 벌써 부상자가 세 명이야."

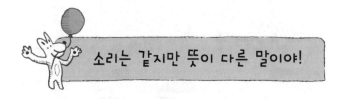

소리는 같지만 뜻이 다른 말이야!

상황(桑黃)

'산뽕나무에서 자라는 버섯'을 뜻해.

"항암 효과 때문인지 상황버섯은 많이 비싸네요."

장난 전화는 이제 그만!

만우절에 친구에게 가벼운 장난으로 하는 거짓말은 괜찮아요.

하지만 119에 장난 전화를 거는 건 절대 안 돼요.

"우리 집에 불이 났어요!"

"지하철역에 폭탄이 있는 것 같아요!"

혹시라도 이런 장난 전화를 했다가는

발신자 위치를 추적해서 처벌을 받을 수 있어요.

또, 정말 위급한 상황에 처한 사람을 구하지 못할 수도 있어요.

다 함께 웃을 수 있는 장난이 진짜 장난이에요.

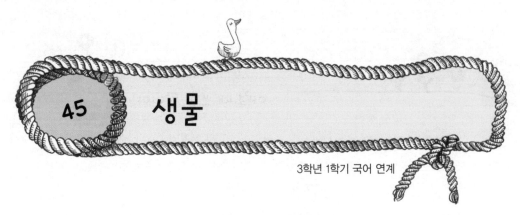

생물

生 物
날 생　만물 물

무슨 뜻일까?

'생명을 가지고 살아가는 것'을 뜻하는 말이야.

"곰팡이는 생물인지 아닌지 늘 헷갈려."

반대말이야!

무생물(無生物)

'생명이 없는 물체'를 뜻해.

"무생물의 종류를 쓰라는 문제가 나왔길래 자신 있게 돌멩이라고 썼어."

몸속에 세균이 산다고?

"형, 세균이 생물이야, 무생물이야?"

"당연히 생물이지. 세균은 우리 몸속에도 많이 살아."

동생이 깜짝 놀라 다시 물었어요.

"내 몸속에도? 몇 마리나 살고 있는데?"

"100~1000조 마리 정도?"

"으악! 그럼 내 몸을 대체 얼마나 갉아먹고 있는 거야?"

"하하하."

내가 크게 웃었더니, 동생이 심각한 표정으로 말했어요.

"지금 웃음이 나와? 우리 몸이 세균한테 정복당했는데!"

구충제 좀 먹지 마.

이 좀 닦지 마.

우리도 생물이다

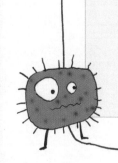

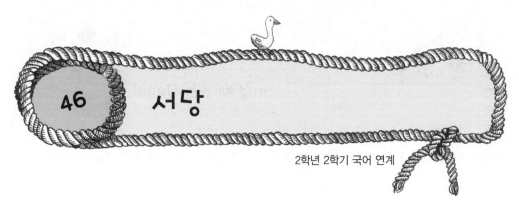

46 서당

2학년 2학기 국어 연계

書 堂
글 서 집 당

무슨 뜻일까?

'옛날에 아이들을 모아 놓고 한문을 가르치던 학교'를 뜻해.

"서당 개 삼 년이면 풍월을 읊는다는데, 넌 대체 어떻게 된 거니?"

비슷한 말이 있어!

학당(學堂)

'옛날에 글이나 지식을 가르치던 곳'을 뜻해.

"이화 학당은 우리나라 최초의 여학교야."

 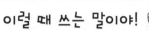

서당의 아이는 왜 울까?

선생님이 모니터에 그림 한 장을 띄우고 말씀하셨어요.

"이것은 김홍도가 그린 '서당'이라는 그림이에요.

이 그림을 보고 아이가 왜 울고 있는지를 상상해 볼까요?"

모둠별로 한 사람씩 일어나 대답하기로 했어요.

"지각을 해서 훈장님께 혼났다고 생각합니다."

"천자문 외우기 숙제를 안 해서 매를 맞았다고 생각합니다."

우리 모둠은 지헌이가 발표하기로 했어요.

"바지에 오줌을 싼 것 같아요. 그래서 창피해서 우는 거죠."

반 아이들이 "와아!" 하고 웃었어요.

103

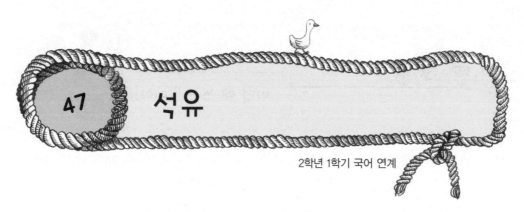

石 油

돌 석　　기름 유

무슨 뜻일까?

'땅속에서 솟아나며 탄화수소를 주성분으로 하는 가연성 기름'을 뜻해.

"사우디아라비아는 세계에서 가장 많은 양의 석유를 수출해요."

비슷한 말이 있어!

등유(燈油)

'원유를 증류할 때, 섭씨 150~280도 사이에서 얻어지는 기름'을 뜻해.

"석유를 걸러서 휘발유, 경유, 등유를 만든대요."

TV 볼륨을 낮추라고?

우리나라는 석유가 한 방울도 나지 않는 나라예요.

석유뿐만 아니라 거의 대부분의 에너지 자원을 수입하고 있어요.

우리나라가 특히 에너지 절약에 힘써야 하는 이유지요.

실생활에서 우리가 에너지를 절약할 수 있는 방법은 많아요.

먼저 여름철에는 '에어컨 온도 1도씩 올리기'를 실천해 주세요.

그것만으로도 약 270억 원의 절감 효과가 있어요.

또, TV의 볼륨을 높일수록 에너지 사용량이 늘어난대요.

볼륨을 조금씩 낮추는 것도 에너지를 절약하는 일이에요.

2학년 2학기 국어 연계

世 子

인간 세   아들 자

무슨 뜻일까?

'왕위를 이을 왕자'를 뜻하는 말이야.

"정조의 아버지 사도세자는 뒤주에 갇혀 죽었대. 너무 불쌍하지?"

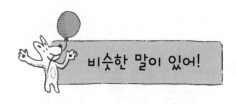

비슷한 말이 있어!

황태자(皇太子)

'황제의 자리를 이을 황제의 아들'을 뜻해.

"조선 시대의 마지막 **황태자** 영친왕은 일본에 끌려갔어."

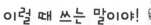
비운의 세자 소현세자

병자호란에서 지고 난 후 조선의 소현세자와 봉림대군이

청나라로 끌려갔어요.

그곳에서 소현세자는 서양의 발전된 문물을 받아들여

조선을 강력한 나라로 만들겠다는 꿈을 꾸었어요.

8년 후 고국으로 돌아왔지만

아버지 인조는 청나라의 앞잡이라며 소현세자를 박대했어요.

그리고 돌아온 지 두 달 만에 의문의 죽음을 당하고 말았어요.

뒤를 이어 봉림대군이 세자가 되었는데, 그가 바로 효종이에요.

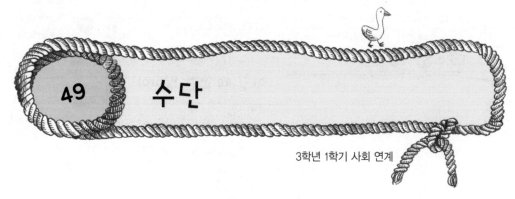

49 수단

手 段
손 수   층계 단

무슨 뜻일까?

'어떤 일을 이루기 위한 도구'를 뜻하는 말이야.

"수단과 방법을 가리지 않고 이기겠다는 태도는 옳지 않아."

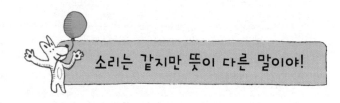

소리는 같지만 뜻이 다른 말이야!

수단(水團)

'쌀가루나 밀가루를 반죽하여 경단을 만든 다음, 끓는 물에 삶아 찬물에 헹군 후 꿀물에 넣고 실백을 띄운 음식'을 뜻해.

"옛날 사람들은 6월 6일 유두에 수단을 먹었대."

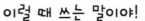
이럴 때 쓰는 말이야!

우리나라 최초의 택시 이름은?

태국에는 독특한 교통 수단이 많아요.

그중에 바퀴가 세 개 달린 툭툭이라는 게 있어요.

시동을 걸면 '툭툭' 소리가 난다고 해서 붙은 이름이래요.

우리나라에도 재미있는 이름을 가진 교통 수단이 있었어요.

바로 '시발'이에요.

'시발'은 1950년대에 서울 거리를 누비던

우리나라 최초의 택시 이름이에요.

시발이란 단어는 한자 '처음 시(始)'와 '쏠 발(發)'에서 나왔어요.

난 시발 편 할래!

경주를 하면 누가 이길까?

3학년 1학기 국어 연계

水 分
물 수   나눌 분

무슨 뜻일까?

'물의 축축한 기운'을 뜻하는 말이야.

"나는 수박처럼 수분이 많은 과일을 좋아해."

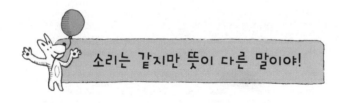

소리는 같지만 뜻이 다른 말이야!

수분(受粉)

'수술의 꽃가루가 암술머리에 붙어서 열매를 맺는 현상'을 뜻해.

"벌은 꽃에서 꿀을 얻어 가는 대신 수분을 해서 열매를 맺게 하지."

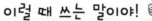

몸속의 수분은 얼마나 될까?

우리 몸은 뼈와 근육이 많은 부분을 차지할 것 같지만

70퍼센트가 수분이에요.

몸무게가 30kg이라면 21kg은 수분인 셈이에요.

그래서 몸속의 수분이 1~2퍼센트만 부족해도 갈증이 심해져요.

수분이 3퍼센트 부족해지면 혼수 상태에 빠지고,

12퍼센트 부족해지면 목숨이 위험하대요.

특히 땀을 많이 흘리는 무더운 여름철에는

물을 충분히 마셔 수분을 보충해야 해요.

피부 미남의
비결이니?

내 몸의 수분은
내가 지킬 거야.

70%
물

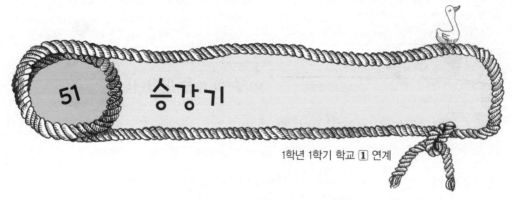

51 승강기

1학년 1학기 학교 1 연계

昇 降 機
오를 승   내릴 강   기계 기

무슨 뜻일까?

'전기를 이용하여 사람이나 짐을 위아래로 실어 나르는 장치'를 뜻해.

"승강기를 탔더니 눈 깜짝할 새 50층까지 도착하더라."

비슷한 말이 있어!

엘리베이터(elevator)

외래어로 '승강기'와 뜻이 똑같아.

"엘리베이터가 고장 나서 10층까지 계단으로 올라왔지 뭐야."

112

한자를 모르면 어렵지

경사면을 이용하면 작은 힘으로 높은 곳까지 물체를 올릴 수 있어요.

경사면의 기울기가 완만할수록 힘이 덜 들고,

급할수록 힘이 많이 드는 원리를 이용하는 거예요.

자, 그럼 경사면에 관한 문제를 풀어 볼까요?

다음 중 경사면을 이용한 것이 아닌 것은 무엇일까요?

① 승강기 ② 나선형 계단 ③ 장애인 경사로 ④ 에스컬레이터

정답은 ①번 승강기예요.

너무 쉽다고요?

그런데 승강기라는

한자를 모르면

풀기 어렵답니다.

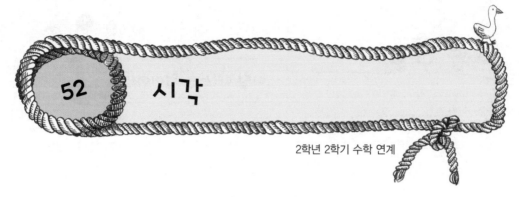

2학년 2학기 수학 연계

時 刻
때 시   새길 각

'시간의 어느 한 지점'을 뜻하는 말이야.

"정확히 표현하려면 '현재 시각은 세 시.'라고 해야 해."

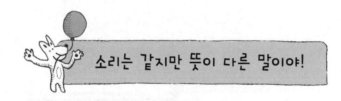

시각(視覺)

'눈을 통해 빛의 자극을 받아들이는 작용'을 뜻해.

"장님이 아니라 시각 장애인이라고 써야 옳은 표현이야."

우리나라는 잠이 부족해

여론조사에 따르면 우리나라 어른들의

평균 기상 시각은 오전 6시 34분이고,

평균 취침 시각은 밤 11시 41분이래요.

그렇다면 우리나라 어른들의 평균 수면 시간은 얼마나 될까요?

기상 시각과 취침 시각의 차이를 계산하면 6시간 53분이에요.

우리나라 어른들의 잠자는 시간이 부족하다는 걸 알 수 있어요.

많은 사람들이 지하철에서 조는 이유가 여기에 있지 않을까요?

53 식구

食 口
밥 식 　 입 구

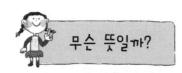

무슨 뜻일까?

'같은 집에 살며 밥을 같이 먹는 사람'을 뜻하는 말이야.

"흥부네 식구는 자식만 12명이고, 부부까지 합하면 14명이었대요."

비슷한 말이 있어!

가족(家族)

'부부를 중심으로 한 집안을 이루는 사람들'을 뜻해.

"우리 가족은 주말에 캠핑을 가기로 했어요."

식구가 맞나요?

우리 가족은 다 함께 모여서 밥 먹기가 힘들어요.

식구는 '함께 밥을 먹는 사람'을 뜻한다는데,

우리 식구들은 왜 그럴까요?

"우리도 다른 집처럼 다 함께 밥 먹어요."

엄마한테 말했더니 동문서답이에요.

"저녁밥 먹기 전에 숙제 다 끝내야 해."

아빠도 바쁘고 중학생인 누나도 바빠요.

밥은 함께 못 먹어도 잠은 한 집에서 자는데,

그래도 식구라고 할 수 있나요?

이제
반찬 투정 안 할게요.
같이 먹어요, 네?

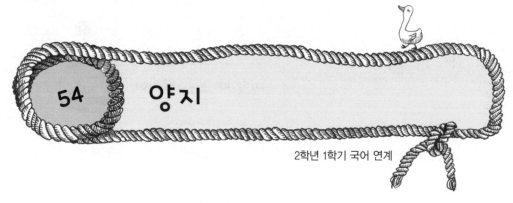

54 양지

2학년 1학기 국어 연계

陽 地
볕 양   땅 지

무슨 뜻일까?

'햇빛이 잘 드는 곳'을 뜻하는 말이야.

"따뜻한 봄이 되자 토끼가 양지로 나와 낮잠을 잤어요."

반대말이야!

음지(陰地)

'햇빛이 잘 들지 않는 그늘진 곳'을 뜻해.

"개나리도 피었는데 음지의 눈은 녹을 생각을 안 하네요."

손가락이 여덟 개 같지?

팔손이나무는 양지에서 잘 자라는 나무예요.

나뭇잎을 보면 손가락이 여덟 개인 손을 쫙 펴고 있는 것 같아요.

그래서 팔손이나무라는 이름이 생겼대요.

겨울에도 푸르른 잎을 보고

외국에서 온 열대 식물이라고 생각하는 사람이 많아요.

그런데 팔손이나무는 우리나라에서 자라는 나무예요.

특히 거제도나 남해에 가면 많이 볼 수 있어요.

음이온을 발생시켜 기억력을 좋게 해 준다는데

깜빡깜빡 잊어버리는 엄마에게 알려줘야겠어요.

구구단 잊어버리지 않게 해 줘.

내가 마술사라고 한 사람 누구니?

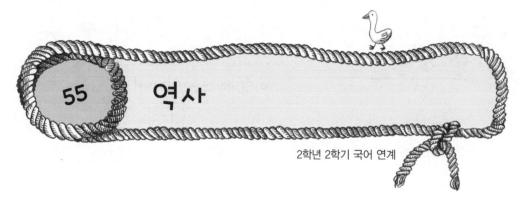

2학년 2학기 국어 연계

歷 史

지낼 력   역사 사

무슨 뜻일까?

'과거에 일어난 사건이나 인물의 기록'을 뜻하는 말이야.

"한국의 역사를 한국사라 하고, 세계의 역사를 세계사라고 해."

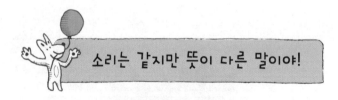

소리는 같지만 뜻이 다른 말이야!

역사(驛舍)

'역으로 쓰이는 건물'을 뜻해.

"사고로 열차가 늦게 도착해서 역사 안에서 덜덜 떨었어."

120

박물관에서 재미 찾기

우리나라 역사에 대해 알고 싶으면 역사박물관에 가 보세요.

박물관은 재미없다고요?

한꺼번에 너무 많은 것을 보려고 하니까 재미없는 거예요.

우리나라 오천 년의 역사를 하루 만에 다 보기는 힘들어요.

그러니까 고구려, 백제, 신라의 삼국시대는 이번에,

고려 시대는 다음에, 조선 시대는 다음다음에 보기로 해요.

이렇게 시대별로 나누어서 구경을 가면 재미가 있답니다.

관람료

무료

그건 나중에 얘기하자.

대한민국 역사박물관

점심은 비싼 거 먹어도 되죠?

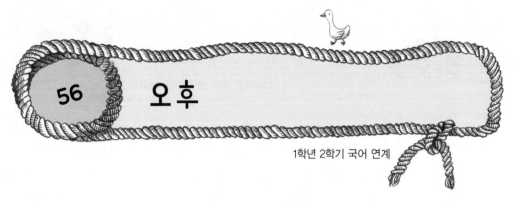

1학년 2학기 국어 연계

午 後
낮 오   뒤 후

무슨 뜻일까?

'낮 열두 시부터 밤 열두 시까지의 시간'이라는 뜻이야.

"생일 파티는 토요일 오후 3시야. 모두들 꼭 와야 해."

반대말이야!

오전(午前)

'밤 열두 시부터 낮 열두 시까지의 시간'을 뜻해.

"치킨집은 왜 오전에는 문을 안 열어요?"

진짜 방학은 어디 갔어?

방학식 날 선생님은 실컷 뛰어놀면서

몸과 마음에 살을 찌워 오라고 말씀하셨어요.

그런데 웬걸 오전에도 학원, 오후에도 학원이에요.

방학은 '배움을 놓는다.'라는 뜻이라는데,

왜 엄마는 배움을 놓아주지 않을까요?

"방학은 실컷 놀 수

있는 기회래요."

내 말에 엄마가 고

개를 저으며 말씀

하셨어요.

"아니, 방학은 모자

란 공부를 하는 시

간이란다."

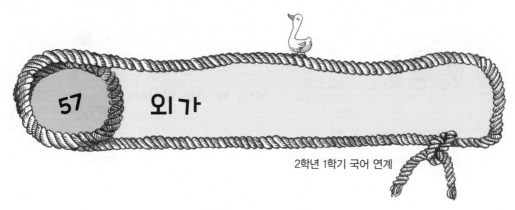

2학년 1학기 국어 연계

外 家
바깥 외   집 가

무슨 뜻일까?

'어머니가 결혼하기 전의 집안'을 뜻하는 말이야.

외갓집과 같은 말이지.

"**외가**에 가면 외할머니가 직접 만드신 두부를 먹을 수 있어."

반대말이야!

친가(親家)

'아버지의 집안'을 뜻해.

"외탁이란 **친가**가 아닌 외가 쪽 식구를 닮았다는 뜻이야."

오죽헌에서 이이와 신사임당을 만났어

오죽헌은 신사임당의 아들인 이율곡이 태어나고 자란 외가예요.

집 주변에 까마귀처럼 검은 대나무 숲이 있다고 해서

'오죽헌'이라고 이름을 지었대요.

마당에는 600년이나 되었다는 배롱나무도 있고,

'율곡매'라고 불리는 매화나무도 있었어요.

오천 원과 오만 원 지폐에서 보았던

율곡 이이와 신사임당의 초상화도 보았어요.

오죽헌을 나올 때는

위인전 두 권을 읽은 기분이었어요.

원래 대견한 아들이에요.

아들 키우느라 고생 많았소.

이원수　　신사임당

훌륭한 부모님 밑에서 자랐지요.

이이

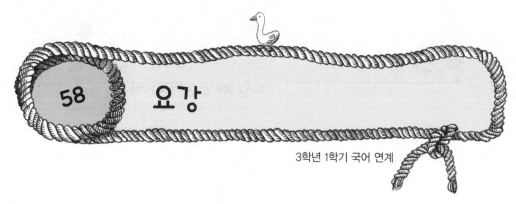

3학년 1학기 국어 연계

尿 江

오줌 요   강 강

무슨 뜻일까?

'오줌을 누는 그릇'을 뜻하는 말이야.

화장실이 바깥에 있었던 옛날에 방 안에서 사용한 '간이 화장실'이라고

할 수 있어.

"옛날에는 방에 **요강**을 두고 잠을 잤단다."

소리는 같지만 뜻이 다른 말이야!

요강(要綱)

'어떤 일이나 내용의 중심이 되는 중요 사항'을 뜻해.

"입학 원서는 입시 **요강**을 꼼꼼히 읽고 작성해야 해."

조선의 도자기를 부러워했던 일본

임진왜란을 일으킨 일본의 도요토미 히데요시는

조선의 도자기공을 잡아오라고 명령했어요.

당시에 조선은 밥그릇뿐만 아니라 요강까지

가마에서 구워낸 사기 제품을 사용했어요.

일본은 밥그릇도 나무그릇을 사용하고 있어서

하얀 도자기에 밥을 먹는 조선 사람들을 무척 부러워했어요.

조선에서 빼앗아 간 요강을 꿀단지로 사용할 정도였지요.

그 시절에 도자기 기술은 중국과 우리나라만 가지고 있었다니,

우리 조상들이 대단하지 않나요?

오늘은 한 방울도 안 흘릴게.

꿀단지가 예쁘니까 꿀이 더 달아.

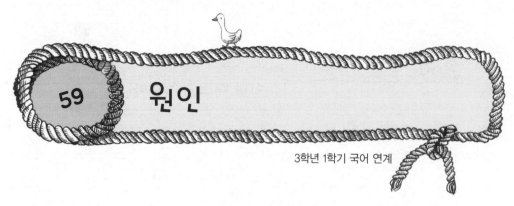

59 원인

原因

근원 원　　인할 인

무슨 뜻일까?

'어떤 일이 일어나게 된 이유'를 뜻하는 말이야.

'동기', '이유'와 비슷한 말이지.

"그 지역에 원인을 알 수 없는 전염병이 돌고 있대요."

반대말이야!

결과(結果)

'어떤 원인으로 인해 생긴 일'을 뜻해.

"지나친 욕심은 나쁜 결과를 가져온다는 걸 명심해."

128

그저 습관일 뿐이야

학교에서 돌아온 민호가 말했어요.

"엄마, 친구들이 내가 지연이를 좋아한다고 놀려요."

"어머나! 그런데 친구들이 왜 그러는지 원인은 생각해 봤니?"

엄마는 웃음이 나올 것 같은 표정으로 물었어요.

"생각할 것도 없어요. 지연이하고 손잡고 다녀서 그래요.

유치원 때부터 손잡고 다녀서 습관이 된 걸 어떡해요."

민호는 울상을 지었고, 엄마는 참았던 웃음보가 터졌어요.

내 키가 커서 힘들 거야.

이제 손잡지 말고 어깨동무할까?

"얼레리 꼴레리"

偉 人
클 위　　사람 인

무슨 뜻일까?

'훌륭한 업적을 이루어 낸 뛰어난 사람'을 뜻하는 말이야.

'영웅'이랑 비슷한 말이지.

"이순신 장군은 우리나라의 진정한 위인이야."

소리는 같지만 뜻이 다른 말이야!

위인(爲人)

'사람의 됨됨이'를 뜻해.

"그렇게 쉬운 일도 처리 못하다니……. 형편없는 위인이구나."

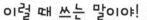

우리가 가장 존경하는 인물

초등학생들을 대상으로 존경하는 인물을 조사했어요.

세계에서 가장 존경하는 위인은 누구인가요?

1위 에디슨 – 2위 퀴리 부인 – 3위 라이트 형제 – 4위 아인슈타인 –

5위 베토벤

우리나라에서 가장 존경하는 위인은 누구인가요?

1위 세종대왕 – 2위 이순신 – 3위 유관순 – 4위 광개토대왕 –

5위 김구와 신사임당

여러분이 존경하는 위인은 누구인가요?

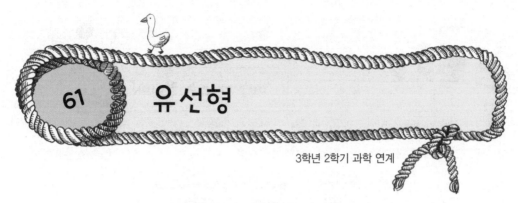

61 유선형

3학년 2학기 과학 연계

流 線 型

흐를 류　　줄 선　　모형 형

무슨 뜻일까?

'앞은 둥글고 뒤로 갈수록 뾰족해 물이나 공기의 저항을
가장 적게 받는 형태'를 뜻해.

"유선형인 물고기가 헤엄을 잘 친대요."

비슷한 말이 있어!

방추형(紡錘形)

'양끝이 뾰족한 원기둥꼴의 모양'을 뜻해.

"방추형 몸체를 가지고 있는 긴수염고래는 몸무게가 75톤이나 나간대."

 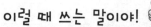

새들은 특별한 몸체를 가졌어

새의 깃털은 특별한 기능을 가지고 있어요.

날개에 있는 깃털은 하늘을 날게 해 주고,

꼬리에 있는 깃털은 균형을 잡고 방향을 조정하는 역할을 해요.

새의 몸은 부드러운 유선형 모양이어서

공기의 저항을 적게 받아요.

그래서 빠르게 날 수 있고, 사냥할 때 유리해요.

비행기의 몸체도 새의 몸체를 본 따서 만들었대요.

133

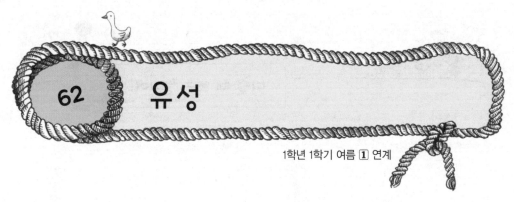

1학년 1학기 여름 ① 연계

油 性

기름 유   성질 성

무슨 뜻일까?

'기름의 성질'을 뜻하는 말이야.

'수성'과 반대되는 말이지.

"이름은 지워지지 않도록 유성 매직으로 써 주세요."

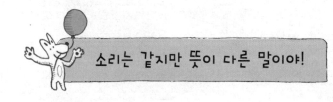

소리는 같지만 뜻이 다른 말이야!

유성(流星)

'하늘에서 밝은 빛을 내며 떨어지는 별 부스러기'를 뜻해.

"지난번에 네가 봤다는 별똥별이 바로 유성이야."

 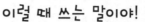

유성펜은 립스틱으로 지워 봐

그림을 그리다 보면 어느새 유성 사인펜이 묻을 때가 있어요.

수성 사인펜은 비누로 씻으면 되지만

유성 사인펜은 잘 지워지지 않아요.

그런데 쉽게 지울 수 있는 방법이 있어요.

유성 사인펜이 묻은 부분에 어머니의 립스틱을 살짝 바르세요.

그다음에 사인펜이 묻은 부분 쪽으로 립스틱을 문지른 후에

휴지로 닦아 내세요.

이제 유성펜이 묻어도 걱정하지 말아요.

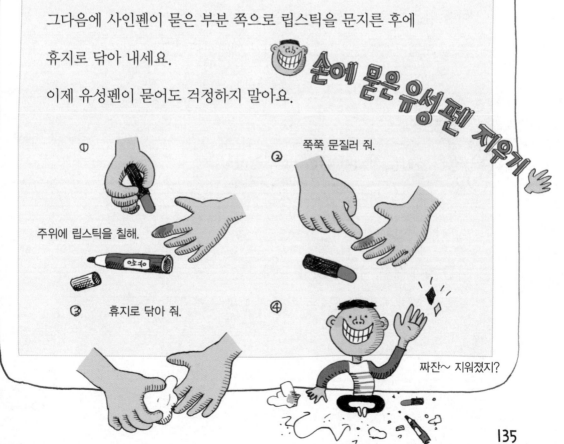

손에 묻은 유성펜 지우기

① 주위에 립스틱을 칠해.

② 쭉쭉 문질러 줘.

③ 휴지로 닦아 줘.

④ 짜잔~ 지워졌지?

63 의지

意 志
뜻 의 　 뜻 지

무슨 뜻일까?

'어떤 일을 이루고자 하는 마음'을 뜻하는 말이야.

"요즘 시험 공부하는 걸 보니 의지가 대단하던데!"

소리는 같지만 뜻이 다른 말이야!

의지(依支)

'다른 것에 몸을 기대는 것'을 뜻해.

"허리가 꼬부라진 할머니는 지팡이에 몸을 의지했어요."

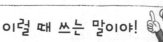

헬렌 켈러를 변화시킨 설리번 선생님

헬렌 켈러는 어려서 듣지도, 말하지도, 보지도 못했어요.

설리번 선생님이 처음 봤을 때 헬렌은 손으로 음식을 집어먹고,

물건을 집어던지는 난폭한 아이였어요.

설리번 선생님은 그런 헬렌을 온순하고 현명한 아이로 변화시켰어요.

게다가 손바닥에 써 준 '인형'이라는 글자를 배운 뒤부터는

배움에 대한 의지와 열정도 쑥쑥 자라났어요.

결국 헬렌 켈러는 시청각 장애인으로는 최초로 대학을 졸업했고,

세계적으로 유명한 작가이자 연설가가 되었어요.

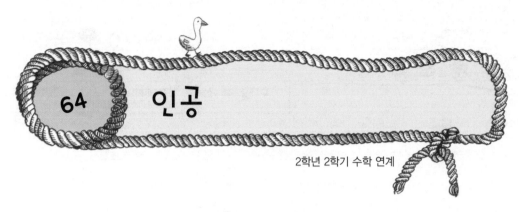

64   인공

2학년 2학기 수학 연계

人 工
사람 인   장인 공

무슨 뜻일까?

'사람의 힘으로 자연을 바꾸어 놓는 것'을 뜻하는 말이야.

"일산 호수공원은 동양 최대의 **인공** 호수공원이에요."

반대말이야!

천연(天然)

'사람의 힘을 가하지 않은 상태'를 뜻해.

"진돗개는 **천연**기념물답게 위엄이 넘치더라."

138

나이아가라 폭포를 보고 싶다고?

세계에서 가장 유명한 폭포는 나이아가라 폭포예요.

'나이아가라'는 '천둥소리를 내는 물기둥'이란 뜻이에요.

그 폭포 소리가 얼마나 굉장한지 짐작할 수 있겠죠?

나이아가라 폭포는 '죽기 전에 꼭 가 봐야 할 곳'으로도 손꼽혀요.

장마가 끝난 후에 춘천댐에 한번 가 보세요.

나이아가라 폭포에 비할 수는 없지만

인공 폭포를 구경할 수 있을 거예요.

강물이 불어나서 모든 수문을 열어 놓고 방류할 때 보면

꼭 폭포수가 쏟아지는 것 같거든요.

내 평생에
이런 구경을
할 줄이야!

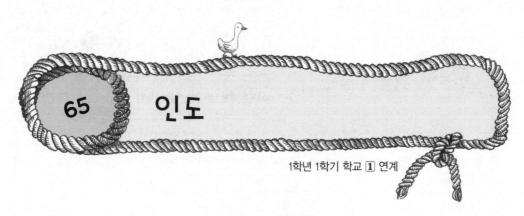

65 인도

1학년 1학기 학교 ① 연계

人 道
사람 인   길 도

무슨 뜻일까?

'사람이 지나다니는 길'을 뜻하는 말이야.

비슷한 말은 '보도'이고, 반대말은 '차도'야.

"승용차가 **인도**로 돌진해서 사람이 크게 다쳤어."

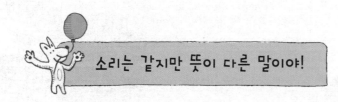

소리는 같지만 뜻이 다른 말이야!

인도(引導)

'길이나 장소를 안내하는 것'을 뜻해.

"안내견은 시각 장애인을 안전하게 **인도**하도록 훈련 받았어."

코끼리를 옮기려면 얼마나 많은 사람이 필요할까?

인도는 예전에 인도와 차도가 구분이 없었어요.

그래서 가끔 코끼리로 인한 사고가 발생했어요.

순한 코끼리가 갑자기 사람들을 공격하기도 하고,

느닷없이 벽을 뚫고 집 안으로 들이닥치기도 했대요.

그런 코끼리에게 진정제를 투여해 안전한 곳으로 인도하느라

수십 명의 사람들이 들러붙어 낑낑대었대요.

그런데 만약 코끼리가 잠들어 버린다면

얼마나 많은 사람이 힘을 모아야 했을까요?

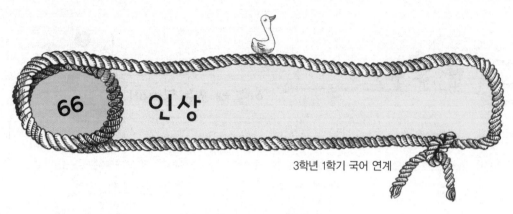

3학년 1학기 국어 연계

人 相

사람 인　서로 상

무슨 뜻일까?

'사람 얼굴의 생김새'라는 뜻이야.

"짝꿍 인상이 아주 착해 보였어요."

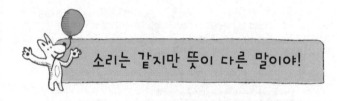

소리는 같지만 뜻이 다른 말이야!

인상(引上)

'물건값, 봉급, 요금 등을 이전보다 더 올리는 것'을 뜻해.

"다음 달에 버스 요금이 또 인상된대."

142

인상파란 말이다

"아빠, 인상파가 뭐예요?"

그림을 감상하던 승현이가 물었어요.

"음, 인상파는 빛의 변화에 따라 시시각각 달리 보이는 자연을

그대로 묘사하려 한 화가들을 말한단다."

아빠는 모네의 '인상·해돋이'와 고흐의 '해바라기',

세잔의 '사과'도 인상파 그림이라고 알려 줬어요.

아빠의 설명이 점점 길어지자, 승현이가 인상을 쓰며 말했어요.

"아빠, 이제 그만요! 저도 인상파가 될 것 같아요."

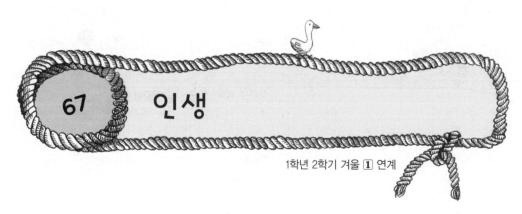

人 生
사람 인　　날 생

무슨 뜻일까?

'사람이 세상을 살아가는 일'을 뜻하는 말이야.

"내 열 살 인생에 이런 일은 처음이야!"

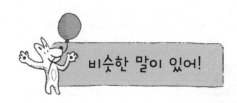

비슷한 말이 있어!

생애(生涯)

'살아 있는 한평생의 기간'을 뜻해.

"오늘은 내 생애 최초로 스마트폰이 생긴 날이야."

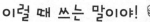

하루살이 아니거든

하루살이는 딱 하루만 살고 죽는다고 생각하는 사람이 많아요.

그런데 유충으로 사는 기간까지 합하면 일 년가량 살아요.

수명의 대부분을 물속에서 유충으로 살 뿐이에요.

하루살이는 성충이 되어 물 밖으로 나오면

교미를 하고 하루 안에 죽음을 맞게 돼요.

성충으로 사는 기간은 하루가 맞지만

인생에서 어린 시절을 무시하면 안 되잖아요.

유충 시절을 무시당하는 하루살이는 억울할지 몰라요.

"우리가 왜 하루살이야? 우리는 일 년 살이거든!"

지금 날
하루살이라고
불렀니?
공부 좀 해!

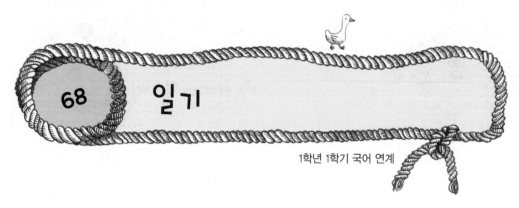

日 記
날 일 기록할 기

무슨 뜻일까?

'매일매일 그날 있었던 일을 기록한 글'을 뜻하는 말이야.

"《난중일기》는 이순신 장군이 쓴 일기야."

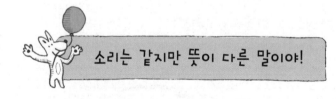

소리는 같지만 뜻이 다른 말이야!

일기(日氣)

'그날그날의 비, 구름, 바람, 기온 등으로 나타나는 기상 상태'를 뜻해.

"일기 예보에 비가 온다는데 내일 소풍은 어떻게 되는 거야?"

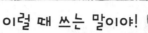

얼마나 더 솔직해야 하나요?

선생님은 일기를 솔직하게 써야 한다고 말씀하셨어요.

도현이는 엄마랑 떡볶이를 만들었는데 너무 매웠다고 썼어요.

선생님은 '참 잘했어요' 도장을 찍어 주셨어요.

호진이는 청소 시간에 장난치다가 선생님한테 혼난 일을 썼어요.

일기 끝에는 솔직하게 이렇게 썼어요.

'선생님은 꼬시랑 머리, 해파리!'

선생님은 '노력하세요' 도장을 찍어 주셨어요.

호진이는 다음에 더 솔직하게

'마귀할멈'도 써야겠다고 생각했어요.

일기는
솔직하게
써야지.

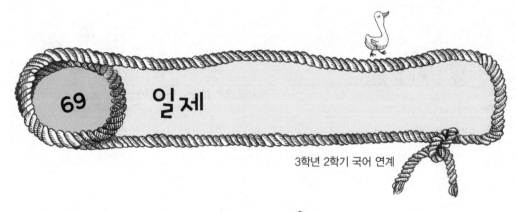

日 帝

날 일 　 임금 제

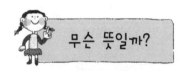

무슨 뜻일까?

'일본 제국주의'를 줄인 말이야.

"일본이 우리나라의 영토와 권리를 강제로 차지한 시기를
일제 강점기라고 해."

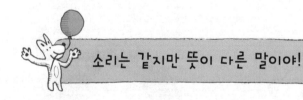

소리는 같지만 뜻이 다른 말이야!

일제(一齊)

'여럿이 한꺼번에 함'을 뜻해.

"오늘부터 학교폭력 실태 조사가 전국적으로 일제히 실시됩니다."

148

훈맹정음이 뭐냐고?

'훈민정음'은 알지만 '훈맹정음'은 처음 들었다고요?

훈맹정음은 시각 장애인을 위해 만들어진 한글 점자예요.

일제 강점기에 맹아학교 교사였던 박두성 선생님이 만드셨지요.

점자는 시각 장애인이 손가락으로 만져서 읽는 문자예요.

엘리베이터 버튼에서 볼록 튀어나온 점들이 바로 점자예요.

일제 강점기에는 점자도 일본 것을 사용해야 했는데,

훈맹정음이 만들어지면서 우리도 한글 점자를 사용하게 되었어요.

149

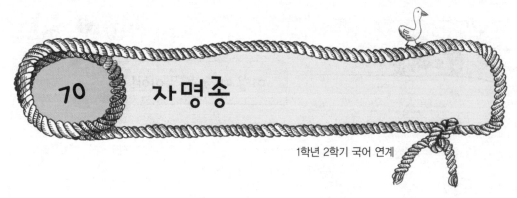

70 자명종

1학년 2학기 국어 연계

自 鳴 鐘
스스로 자　울 명　　종 종

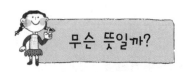

무슨 뜻일까?

'미리 맞춰 놓은 시각이 되면 저절로 소리가 나는 시계'를 뜻해.

"자명종 시계 맞추는 걸 깜빡해서 늦잠을 잤어요."

비슷한 말이 있어!

좌종(坐鐘)

'책상 위에 올려놓게 만든 자명종'을 뜻해.

"나는 아침에 좌종이 울리기 전에 깨는 습관이 있어."

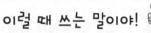

자명종을 뚝딱 수리한 명인

'조선 시대의 과학자'라고 하면 흔히 장영실을 떠올려요.

하지만 최천약이라는 과학 기술의 명인도 있었어요.

영조는 서양식 자명종을 가지고 있었는데,

어느 날 고장이 났어요.

그것을 수리할 수 있는 전문가가 없었는데,

자명종을 처음 본 최천약이 뚝딱 고쳤어요.

조선 시대에는 마흔 냥이면 집 한 채를 샀대요.

그런데 자명종 값이

예순 냥이었다니

엄청 귀한

물건이었겠죠?

고치는 사람에게 큰 상을 내릴 것이오.

큰 상이 자명종이면 좋겠소.

151

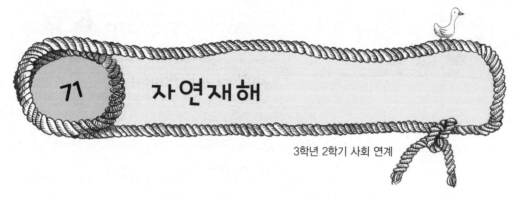

3학년 2학기 사회 연계

自 然 災 害

스스로 자 그러할 연   재앙 재   해칠 해

무슨 뜻일까?

'자연 현상으로 일어나는 재해'를 뜻하는 말이야.

"자연재해 중에서 가장 큰 피해를 입히는 것은 지진과 화산 폭발이래."

비슷한 말이 있어!

천재(天災)

'자연의 변화로 일어나는 재앙'을 뜻해.

"가뭄이나 홍수를 천재지변이라고 하지."

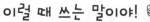

여기는 왜 안 와요?

학교 갈 준비를 하는데 뉴스 속보가 나왔어요.

"강원도 지역에 태풍 피해가 심각합니다.

산사태로 인한 인명 피해와 재산 피해가……."

심각한 표정으로 뉴스를 보면서 엄마가 말했어요.

"큰일이구나. 자연재해라는 게 저렇게 무서운 거란다."

호현이가 불만스런 표정으로 말했어요.

"여기는 왜 태풍이 안 와요?

휴교를 하면 시험도 안 보고 좋을 텐데……."

엄마가 무섭게 째려 봤어요.

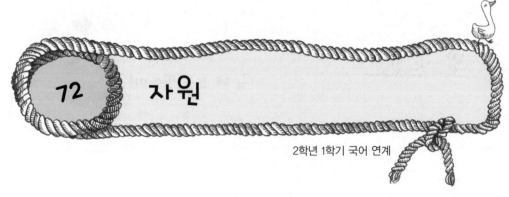

2학년 1학기 국어 연계

資 源
재물 자　근원 원

무슨 뜻일까?

'인간이 살아가는 데 필요한 사물이나 기술'을 뜻하는 말이야.

"땅속에 매장되어 있는 석탄, 석유 등을 지하자원이라고 해."

소리는 같지만 뜻이 다른 말이야!

자원(自願)

'스스로 원하여 어떤 일을 하는 것'을 뜻해.

"세월호 사고 소식이 전해지자 자원봉사 행렬이 줄을 이었어요."

154

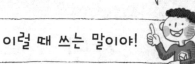

지하자원이 부러워

"여러분은 미래의 자원이에요."

"그럼 우리도 석유나 석탄처럼 땅속에 묻히나요?"

미소의 질문에 선생님이 싱긋 웃으며 말씀하셨어요.

"지하자원만 자원은 아니에요. 사람의 노동력도 자원이에요.

여러분이 열심히 공부하면 고급 인적 자원이 되는 거예요."

"불공평해요!"

호연이가 갑자기 큰소리로 말했어요.

"똑같은 자원인데, 지하자원은 공부하라는 잔소리를 안 듣잖아요."

아이들의 웃음소리와 함께 교실이 시끌시끌해졌어요.

최고의 인적 자원이 될래요.

땅속에 지하자원이 있단다.

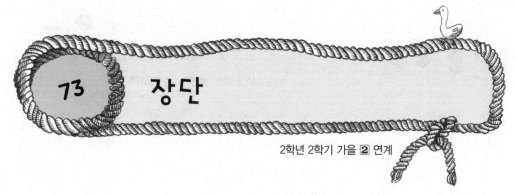

2학년 2학기 가을 **2** 연계

長 短
길 장   짧을 단

무슨 뜻일까?

'국악에 사용되는 음의 길고 짧음'이라는 뜻이야.

"판소리에서 북으로 **장단**을 맞추는 사람이 고수야."

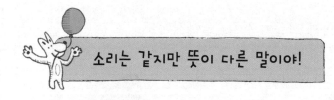

소리는 같지만 뜻이 다른 말이야!

장단(長短)

'좋은 점과 나쁜 점'을 뜻해.

"사람은 누구나 **장단**이 있어. 장점만 가진 사람은 없어."

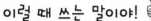
우리의 인기 비결은 노력이야

학예회에서 난타 공연을 하기로 한 현수네 모둠은

일요일에도 모여 연습을 했어요.

현수네 집에서 연습하다가 옆집의 항의를 받기도 했대요.

벼르고 별렀던 학예회 날이 되었어요.

태권도 시범과 바이올린, 오카리나 연주가 이어졌고,

드디어 현수네 차례가 되었어요.

'강남 스타일' 노래가 흘러나오자,

현수네는 프라이팬과 냄비를 장단에 맞춰 두드렸어요.

중간에는 다 함께 강남 스타일 춤을 추었어요.

부모님들은 배꼽을 잡고 웃었어요.

지금부터
갈 때까지
가 볼까……

오오오오
오빤
강남 스타일!

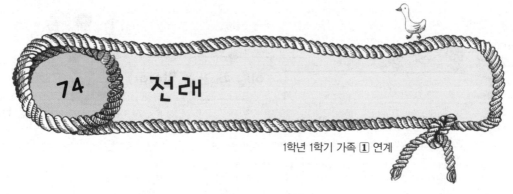

74 전래

1학년 1학기 가족 1 연계

傳 來

전할 전　올 래

무슨 뜻일까?

'예로부터 전하여 내려오는 것'을 뜻하는 말이야.

"바닷가에서 전래 동요 '두껍아 두껍아 헌 집 줄게 새 집 다오'를
부르면서 모래집을 지었어요."

비슷한 말이 있어!

도래(到來)

'어떤 기회나 시기가 닥쳐오는 것'을 뜻해.

"100세 시대가 도래하면서 노인 일자리 문제가 생겨났어요."

158

누구한테 들었는데요?

나는 아빠가 들려준 전래 동화 중에서 《반쪽이》를 제일 좋아해요.

눈도 반쪽, 코도 반쪽, 입도 반쪽이라는데

반쪽이를 진짜 만난다면 어떤 얼굴일지 정말 궁금해요.

"아빠는 반쪽이 이야기를 누구한테 들었어요?"

"아빠의 아빠한테 들었지."

"그럼 할아버지는요?"

"할아버지의 아빠한테 들었지."

"그럼 증조할아버지는요?"

"증조할아버지의 아빠한테 들었지.

그런데 우리 대화는

언제 끝나는 거니?"

살살해! 꼬리 빠지면 나 창피해서 죽을 거야.

힘은 반쪽이 아니야.

159

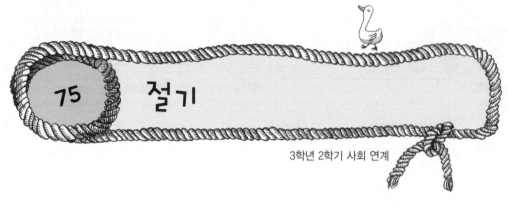

3학년 2학기 사회 연계

節 氣

마디 절   기운 기

무슨 뜻일까?

'한 해를 스물넷으로 나눈, 기후의 표준점'을 뜻하는 말이야.

"24절기에서 겨울잠을 자던 개구리가 깨어나는 때가 경칩이야."

소리는 같지만 뜻이 다른 말이야!

절기(絕技)

'매우 뛰어난 기술이나 솜씨'를 뜻해.

"그는 10년 동안 닦은 절기를 이번에 제대로 보여주겠다고 마음먹었어."

24절기는 음력이 아니야

24절기를 음력이라고 생각하는 사람이 많아요.

그런데 잘못 알고 있는 거예요.

24절기는 해의 움직임에 따라 일 년을 24마디로 만든 거예요.

서양은 7일을 주기로 생활했지만

우리나라는 24절기를 이용해서 15일을 주기로 생활했어요.

왜냐하면 농사일은 해의 움직임을 따라야 하는데

달의 움직임에 따라 만든 음력은 농사에 맞지 않았기 때문이에요.

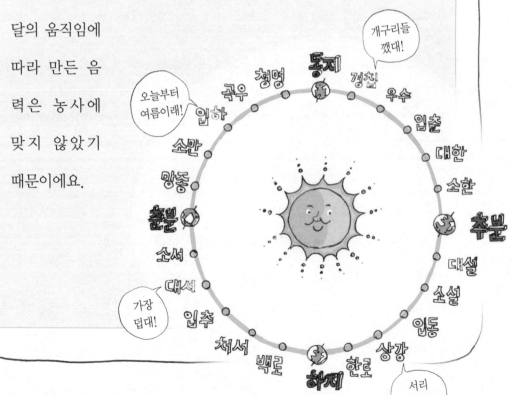

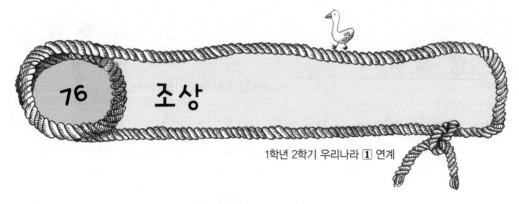

76 조상

祖 上
할아비 조　위 상

무슨 뜻일까?

'어머니, 아버지 위로 돌아가신 어른'을 뜻하는 말이야.

"설날 아침에는 조상에게 차례를 지내고 떡국을 먹어요."

반대말이야!

후손(後孫)

'자신의 세대에서 여러 세대가 지난 뒤의 자녀'를 뜻해.

"놀라지 마. 내가 바로 이순신 장군의 후손이야."

162

조상 노릇도 힘들어

설날 아침에 조상들이 모여 신세 한탄을 했어요.

"아침에 후손 집에 갔더니 집이 텅텅 비었더군.

옆집에 물었더니 해외로 여행을 갔다는 거야."

다른 조상들도 한마디씩 했어요.

"난 제사상을 받긴 했어. 그런데 택배 음식이어서 모두 상했더라고.

배탈 날까 봐 물만 마시고 나왔어."

"난 인터넷으로 제사를 지낸다고 해서 PC방에 갔는데

회원 가입을 못해서 그냥 왔어."

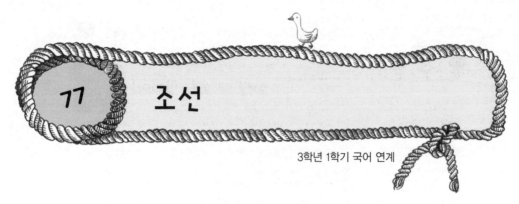

77   조선

3학년 1학기 국어 연계

朝 鮮
아침 조   고울 선

무슨 뜻일까?

'고려가 망한 후에 태조 이성계가 세운 나라'를 뜻해.

"**조선** 시대 최고의 화가는 김홍도야, 신윤복이야?"

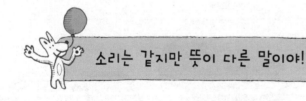

소리는 같지만 뜻이 다른 말이야!

조선(造船)

'배를 설계하여 만드는 것'을 뜻해.

"거제도는 세계 1위의 **조선** 산업 도시야."

세계기록유산으로 선정된 《조선왕조실록》

《조선왕조실록》에는 472년간의 기나긴 역사가 담겨 있어요.

세계 최대 규모의 이 역사책은 모두 1,893권이에요.

《조선왕조실록》을 편찬하기 위해 궁중의 사관들은

매일 붓을 들고 왕을 따라다녔어요.

그래서 왕의 말과 행동, 왕과 대신들의 대화, 조회와 회의 내용,

국가의 중대사를 낱낱이 기록했어요.

그 결과 사회, 문화, 경제, 군사, 외교, 풍습 등 다방면의 역사가

두루 기록될 수 있었어요.

1997년에는 유네스코 세계기록유산에 선정되었답니다.

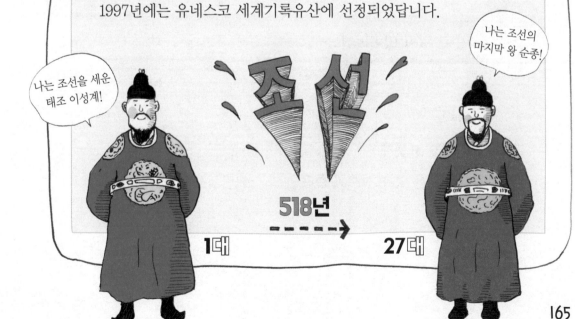

나는 조선을 세운 태조 이성계!

나는 조선의 마지막 왕 순종!

조선

518년

1대   27대

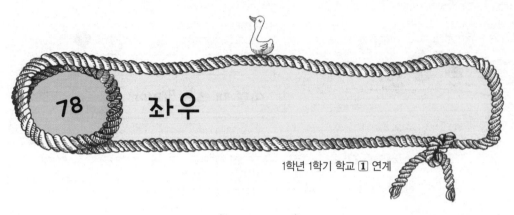

1학년 1학기 학교 **1** 연계

左 右
왼쪽 좌　오른쪽 우

무슨 뜻일까?

'왼쪽과 오른쪽'을 아울러 이르는 말이야.

"엄마가 '도리도리'라고 했더니 아기가 고개를 좌우로 흔들었어요."

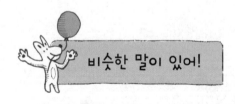

비슷한 말이 있어!

측근(側近)

'곁의 가까운 곳'을 뜻해.

"한 사람의 인품을 알고 싶으면 측근에 있는 사람들을 보면 돼."

선글라스도 안경이니까

"요즘에 칠판 글자가 잘 안 보여요."

엄마는 나를 데리고 안과에 갔어요.

나는 시력 검사표와 기계 앞에서 여러 검사를 받았어요.

의사 선생님이 말씀하셨어요.

"좌우 시력의 차이가 크구나. 오른쪽은 0.7, 왼쪽은 0.2란다.

안경을 써야겠구나."

"잘 됐네요. 안경을 야구 선수가 끼는 선글라스로 맞춰 주세요.

어차피 엄마한테 사 달라고 할 참이었거든요."

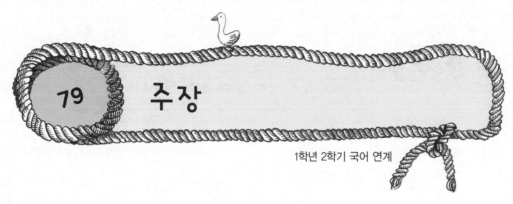

1학년 2학기 국어 연계

主 張

주인 주   베풀 장

무슨 뜻일까?

'자기 의견을 굳게 내세우는 것'을 뜻하는 말이야.

"새들이 짐승들에게 이기는 것 같자

박쥐는 자기도 새라고 주장하기 시작했어."

소리는 같지만 뜻이 다른 말이야!

주장(主將)

'운동 경기에서 팀을 대표하는 선수'를 뜻해.

"내가 우리 팀 주장이었다면 4강에 올라가고도 남았어."

초등생의 날도 필요해

"오늘은 부부의 날이란다. 그러니 이번에는 엄마, 아빠가 좋아하는

보쌈을 먹기로 하자."

아빠의 말에 호준이가 펄쩍 뛰었어요.

"며칠 전에도 어버이날이었는데 또 엄마, 아빠의 날이라고요?

호준이는 불공평하다고 주장했어요.

그러더니 달력에 빨간색으로 '초등생의 날'이라고 적어 넣었어요.

결국 6월 1일이 되었을 때 아빠는 피자를 사 오셨어요.

부부의 날에는
보쌈이다!

초등생의 날에는
피자예요!

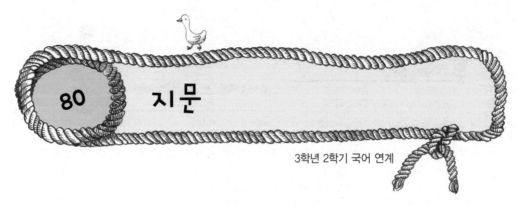

지문

地 文
땅 지   글월 문

무슨 뜻일까?

'희곡에서 해설과 대사를 제외한 나머지 글로,

등장인물의 동작이나 표정, 심리, 말투 등을 서술한 글'을 뜻해.

"《토끼전》에서 토끼의 행동을 나타내는 '(깡충깡충 뛰며)'는 지문이야."

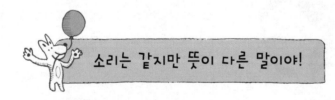

소리는 같지만 뜻이 다른 말이야!

지문(指紋)

'손가락 끝마디 안쪽에 있는 살갗의 무늬'를 뜻해.

"세상에 지문이 같은 사람은 없대요."

눈 작은 용왕님도 있잖아

국어 시간에 '별주부전' 연극을 했어요.

호영이는 엉금엉금 기어 다니면서 거북이 역할을 했고,

혜민이는 정말로 똑똑한 토끼 같았어요.

그런데 용왕님 역할을 맡은 기현이가 문제였어요.

국어책을 읽듯이 대사만 읽었기 때문이에요.

"지문에 '눈을 크게 뜨면서'라고 써 있잖아."

호영이의 말에 기현이가 대답했어요.

"지금 눈을 크게 떴거든. 원래 눈이 작은 걸 어떡해?"

선생님과 친구들이 "와아~" 하고 웃었어요.

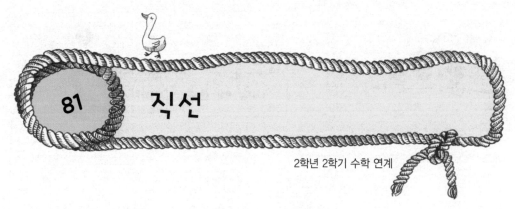

81 직선

2학년 2학기 수학 연계

直 線

곧을 직　　줄 선

무슨 뜻일까?

'꺾이거나 굽은 데가 없는 곧은 선'이라는 뜻이야.

"서로 평행하는 두 직선은 결코 만날 수 없어."

반대말이야!

곡선(曲線)

'모나지 않고 부드럽게 굽은 선'을 뜻해.

"기와집의 처마는 하늘로 날아갈 것 같은 곡선이었어."

172

선분과 직선은 뭐가 다를까?

선분과 직선을 헷갈리지 말아요.

선분은 두 점을 곧게 이은 선이고,

직선은 선분을 양쪽으로 끝없이 늘인 선이에요.

선분과 직선의 공통점은 구부러지지 않고 곧게 이어졌다는 거예요.

선분과 직선 사이에 차이점도 있어요.

선분은 시작점과 끝점이 있어 길이를 잴 수 있고,

직선은 끝없이 늘어나기 때문에 길이를 잴 수 없다는 거예요.

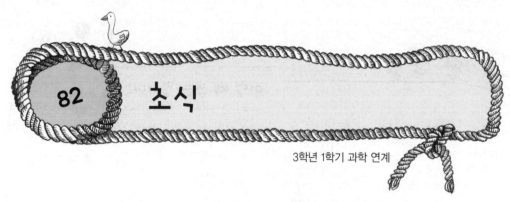

82 초식

3학년 1학기 과학 연계

草 食
풀 초   밥 식

무슨 뜻일까?

'주로 풀만 먹고 사는 것'을 뜻하는 말이야.

'채식'과 비슷한 말이지.

"세상에서 가장 큰 초식 동물은 아프리카 부시 코끼리야."

반대말이야!

육식(肉食)

'음식으로 고기를 먹는 것'을 뜻해.

"가장 큰 육식 동물인 향유고래는 몸길이가 18미터나 된대."

스테이크 먹으면서 다이어트할래요

"파김치, 오이소박이, 깻잎장아찌, 시금치나물······."

밥상의 반찬을 보며 윤호는 얼굴을 찡그렸어요.

"우리 집에 초식 동물 살아요? 왜 고기 반찬은 없어요?"

"의사 선생님이 고도비만이라잖아. 야채를 많이 먹으래."

엄마의 말에 윤호가 큰소리로 말했어요.

"의사 선생님도 배 나오고 뚱뚱하던데요!"

그러더니 갑자기 애교 섞인 목소리로 말했어요.

"알았어요. 대신에 스테이크 먹는 덴마크 다이어트로 할게요."

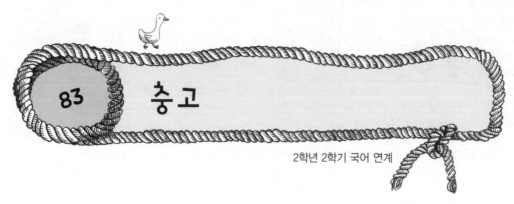

2학년 2학기 국어 연계

忠 告

충성 충 　 알릴 고

무슨 뜻일까?

'남의 잘못을 진심으로 타이르는 말'을 뜻해.

"서둘러 출발하라는 **충고**를 들었다면 지각은 안 했을 텐데."

비슷한 말이 있어!

조언(助言)

'남에게 도움이 되는 말로 깨우쳐 주는 것'을 뜻하는 말이야.

"아무래도 전문가에게 **조언**을 구하는 것이 좋겠어."

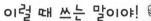

이럴 때 쓰는 말이야!

열한 살 소녀와 링컨 대통령

"대통령 후보님, 턱수염을 기르세요.

그러면 아주 인자하게 보여서 모두들 좋아할 거예요."

열한 살 소녀가 보낸 편지를 읽고

대통령 후보는 얼굴을 거울에 비춰 보았어요.

그리고 소녀의 충고대로 턱수염을 기르기 시작했어요.

덕분에 그는 대통령에 당선되었어요.

어린 아이의 충고도 받아들일 줄 알았던 이 대통령이

바로 에이브러햄 링컨이에요.

미국 역사상 가장 위대한 대통령으로 존경받는 분이지요.

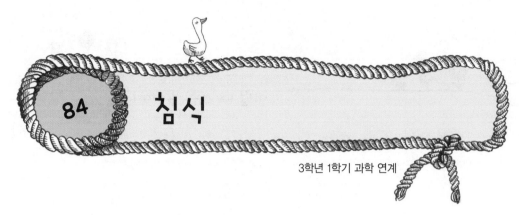

3학년 1학기 과학 연계

浸 蝕

잠길 **침**   좀먹을 **식**

무슨 뜻일까?

'바람, 물, 눈, 얼음 등이 땅이나 암석을 깎는 작용'을 뜻해.

"파도의 **침식** 작용으로 해안에 절벽이 생겼어요."

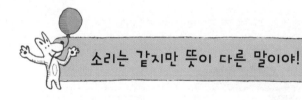

소리는 같지만 뜻이 다른 말이야!

침식(侵蝕)

'외부의 영향으로 세력이나 범위 등이 점점 줄어드는 것'을 뜻해.

"외래 문화에 의해 전통 문화가 **침식**당하고 있어 큰일이야."

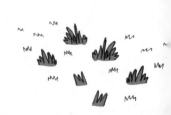

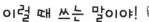

강물이 변신시켰어

강물은 흘러가면서 아주 많은 작용을 해요.

세찬 물줄기는 땅을 깎아 내는 침식 작용을 하고,

유유히 흐르는 강물은

깎아 낸 바위와 자갈, 모래, 흙을 싣고 가는 운반 작용을 해요.

또, 강가에 자갈, 모래, 흙을 쌓는 퇴적 작용도 해요.

폭포와 계곡이 있는 강의 상류에서는 주로 침식 작용이 일어나고,

구불구불한 강의 중류에서는 대개 운반 작용이 일어나고,

논이 많은 강의 하류에서는 퇴적 작용이 활발하게 일어나요.

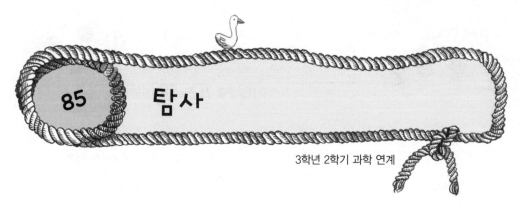

探査

찾을 **탐**   조사할 **사**

무슨 뜻일까?

'잘 알려지지 않은 사실이나 장소, 사물을 샅샅이 조사하는 것'을 뜻해.

"미국 항공우주국(NASA)은 화성에 **탐사** 로봇을 보냈어."

비슷한 말이 있어!

탐험(探險)

'위험을 무릅쓰고 어떤 곳을 찾아가서 살펴보고 조사하는 것'을 뜻해.

"남극을 최초로 정복한 아문센의 **탐험** 정신을 본받고 싶습니다."

꿈은 정말 이루어지는 거야

"내 꿈은 우주 비행사가 되어 화성 탐사를 떠나는 거야."

미국에 사는 열세 살 알리샤 카슨은

어려서부터 우주에 가 보겠다는 꿈을 꾸었어요.

그래서 우주 캠프도 일곱 번이나 참석했고,

우주 비행사와 관련된 20년 계획표도 만들었대요.

결국 미국 항공우주국으로부터 화성 탐사의 기회를 얻어냈어요.

6, 7년 후에는 우주 비행사가 되어 화성으로 떠난대요.

게임 시간이 한 시간 더 늘어나면 좋겠다는 꿈 말고

나도 알리샤처럼 큰 꿈을 꾸어야겠어요.

화성에
같이 갈
친구 없니?

지구에
놀러 와요.

놀이공원
데려가
줄래요?

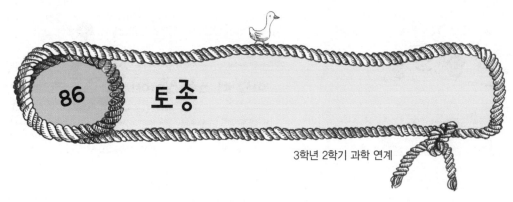

86 토종

土 種
흙 토　씨 종

무슨 뜻일까?

'본디 그 지역에서 나는 동물이나 식물의 종자'를 뜻하는 말이야.

"삽살개는 우리나라 **토종** 개야."

반대말이야!

개량종(改良種)

'더 나은 품질을 가진 것으로 길러 낸 동식물의 새 품종'을 뜻해.

"브로콜리가 양배추의 **개량종**이라는 게 사실이야?"

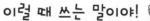

골칫덩어리 황소개구리

외국에서 들어와 토종 생태계를 어지럽히는 동물이 있어요.

가장 대표적인 것이 황소개구리예요.

개구리는 원래 새나 쥐에게 잡아먹히는데,

황소개구리는 새와 쥐, 심지어 뱀도 먹어 치워요.

먹이사슬을 파괴하는 골칫덩어리라고 해서

'자연의 파괴자'라고 부르지요.

환경부에서는 물장군을 이용한 황소개구리 퇴치 연구를 하고 있대요.

토종 곤충이 황소개구리를 이기는 날이 빨리 오면 좋겠어요.

183

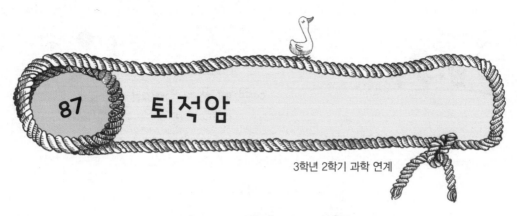

87 퇴적암

堆 積 巖
쌓을 퇴   쌓을 적   바위 암

무슨 뜻일까?

'진흙, 모래, 자갈 등이 굳어져 만들어진 암석'을 뜻하는 말이야.

"**퇴적암**에서 공룡 발자국 화석이 발견되었대."

비슷한 말이 있어!

수성암(水成巖)

'퇴적 작용으로 생긴 암석'을 뜻해.

"전북 진안의 마이산은 약 1억 년 전에 만들어진 **수성암**이래."

184

 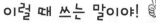

암석도 다 달라

퇴적암의 종류에는 이암, 사암, 역암, 석회암 등이 있어요.

이암은 진흙이나 흙처럼 알갱이가 매우 작은 것이

굳어져 만들어진 암석이에요.

사암은 모래가 굳어져 만들어진 암석이고,

역암은 자갈, 모래, 진흙 등이 굳어져 만들어진 암석이에요.

석회암은 동물 뼈나 조개껍데기 같은 생물의 일부가 쌓여

만들어진 암석이에요.

스포이트로 묽은 염산을 떨어뜨렸을 때 흰 거품이 생기면

그 암석은 석회암이에요.

날 만들어 준 것은
강물이야.
늘 고맙게 생각하지.

옛날엔 나도
저렇게 컸어.
정말이야.

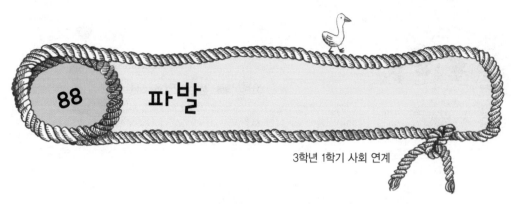

擺 撥
열 파   다스릴 발

무슨 뜻일까?

'조선 시대에 나랏일을 담은 문서를 신속하게 전달하는 일'을 뜻해.

"구파발이란 지명은 공문서를 전달하기 위한 **파발**역에서 유래되었대."

비슷한 말이 있어!

파발마(擺撥馬)

'공문을 급히 전달하는 사람이 타는 말'을 뜻해.

"**파발마**는 중간에 바꾸어 탈 수 있도록 20~30리마다 참을 두었대."

186

파발은 이어달리기와 비슷해

파발은 횃불과 연기로 소식을 전하는 봉수와 비교했을 때

문서로 전달되어 속도도 느리고 경비도 많이 들었지만

날씨의 영향을 덜 받았어요.

보안도 유지되고, 자세하게 보고할 수도 있었어요.

파발의 종류에는 말을 타고 달리는 '기발'과

사람이 직접 달리는 '보발'이 있었어요.

파발꾼은 맡은 구간을 달려가 다음 파발꾼에게 문서를 전달했어요.

이어달리기 선수가 바통을 이어받는 것처럼 말이지요.

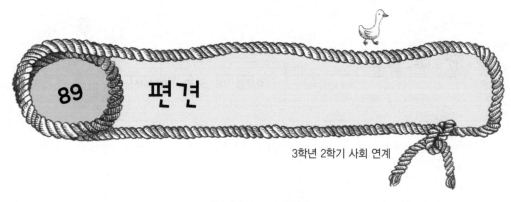

89 편견

3학년 2학기 사회 연계

偏 見
치우칠 **편**   볼 **견**

무슨 뜻일까?

'공정하지 못하고 한쪽으로 치우친 생각'을 뜻하는 말이야.

"장애인을 대할 때 차별과 **편견**이 없어야 해요."

비슷한 말이 있어!

색안경(色眼鏡)

'선입견에 얽매여 좋지 않은 감정을 가지고 보는 태도'를
비유적으로 이르는 말이야.

"그렇게 **색안경**을 끼고 보면 세상에 착한 사람은 없을 거야."

인종차별에 맞서 싸운 사람들

1955년 12월 어느 날 흑인 여성이 버스에 올라탔어요.

그녀가 빈 자리에 앉자, 운전기사가 일어나라고 했어요.

끝내 자리에서 일어나지 않은 흑인 여성은 경찰에 체포되었어요.

이후 부당한 편견에 맞서 '버스 안 타기 운동'이 일어났고,

결국 인종차별을 없애라는 법원의 판결도 얻어 낼 수 있었어요.

이 운동을 이끌었던 사람이 바로 마틴 루터 킹 목사예요.

189

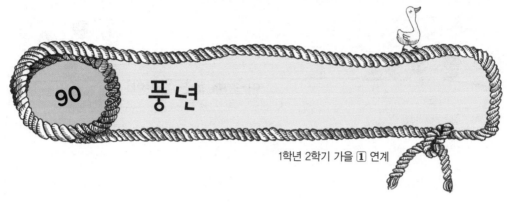

풍년

1학년 2학기 가을 ① 연계

豊 年

풍년 풍   해 년

무슨 뜻일까?

'농사가 잘되어 수확이 많은 해'를 뜻하는 말이야.

"곡우에 비가 내리면 풍년이 든다는 말이 있어."

반대말이야!

흉년(凶年)

'농작물이 잘되지 않은 해'를 뜻해.

"도토리가 많이 달리는 해에 벼농사는 흉년이 든대."

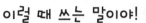이럴 때 쓰는 말이야!

보름달에게 소원을 비는 날

정월대보름이 되면 한 해의 건강과 농사의 풍년을 기원했어요.

그래서 "설은 나가서 쇠어도 보름은 집에서 쇠어야 한다."라는

말이 있을 만큼 중요한 날로 생각했지요.

정월대보름의 대표적인 민속놀이는 뭐니 뭐니 해도 달맞이였어요.

사람들은 보름달이 뜨면 횃불을 땅에 꽂아 두고 소원을 빌었어요.

농부들은 올 한 해 풍년이 들기를 빌었고,

처녀 총각들은 좋은 인연을 만나 결혼하기를 빌었고,

결혼한 여자들은 집안의 대를 이을 아들을 낳게 해 달라고 빌었대요.

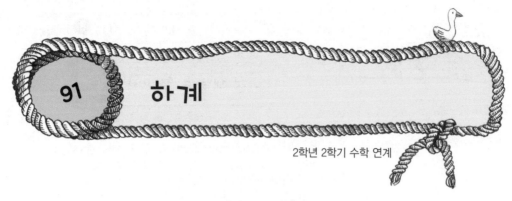

91 하계

2학년 2학기 수학 연계

夏 季

여름 하 계절 계

무슨 뜻일까?

'여름인 시기'를 뜻하는 말이야.

"수영부 하계 수련대회 일정표가 나왔대."

반대말이야!

동계(冬季)

'겨울인 시기'를 뜻해.

"제23회 동계 올림픽은 2018년에 강원도 평창에서 열려요."

192

올림픽과 세계 평화

올림픽은 4년에 한 번씩 열리는 스포츠 축제예요.

최초의 올림픽은 기원전 766년에 고대 그리스에서 열렸어요.

중단된 올림픽을 다시 열리게 만든 사람은 쿠베르탱이에요.

스포츠를 통해 세계의 청년들이 만나고,

이를 통해 세계 평화에도 이바지하자는 뜻이었지요.

다시 시작된 올림픽은 1896년 그리스 아테네에서 처음 열렸고,

제24회 올림픽은 1988년에 대한민국 서울에서 열렸어요.

여름에 열리는 하계 올림픽과 겨울에 열리는 동계 올림픽이 있어요.

흔히 말하는 올림픽은 하계 올림픽을 가리켜요.

92 합

1학년 2학기 수학 연계

合
합할 합

무슨 뜻일까?

'둘 이상의 수를 더하여 얻은 값'을 뜻하는 말이야.

"삼각형의 내각의 합은 180도이고, 사각형의 내각의 합은 360도야."

소리는 같지만 뜻이 다른 말이야!

합(盒)

'음식을 담는 놋그릇으로, 둥글넓적하며 뚜껑이 있는 그릇'을 뜻해.

"만두를 빚어 합에 담으면 보기가 좋아요."

'1+1=1'이 맞잖아요?

"1과 1의 합은 2예요. 잘 알았지요?"

"아니에요. 1과 1의 합은 1이에요.

찰흙 한 덩어리와 또 다른 한 덩어리를 합하면 한 덩어리잖아요."

당황한 선생님이 아니라고 말했어요.

아이는 이해할 수 없다며 왜 그러는지를 계속해서 물었어요.

결국 선생님은 버럭 화를 내고 말았어요.

"넌 도저히 가르칠 수 없는 바보구나.

다른 아이들에게 방해가 되니 지금 당장 학교를 그만두도록 해라!"

이 아이가 바로 훗날에 발명왕이 된 에디슨이랍니다.

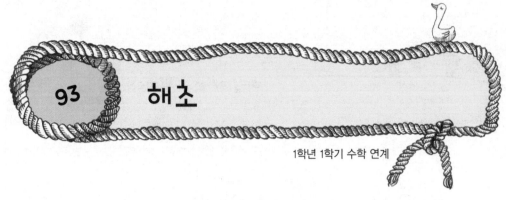

93 해초

1학년 1학기 수학 연계

海 草
바다 해　풀 초

무슨 뜻일까?

'바다에서 나는 식물'이라는 뜻이야.

"매생이는 깨끗한 바다에서 자라는 해초야."

비슷한 말이 있어!

해조류(海藻類)

'바다에서 나는 조류'를 뜻해.

"미역, 다시마, 김 같은 해조류에는 비타민과 무기질이 풍부해요."

196

산호에게 망둑어란?

산호를 흔히 '바다 속의 꽃'이라고 해요.

그래서인지 산호를 식물이라고 오해하는 사람이 많아요.

그런데 사실 산호는 소화기관이 있는 동물이에요.

산호는 땅에 박혀 움직이지 못하기 때문에

주변에 독성이 있는 해초가 자라면 생명이 위험해져요.

이럴 때 산호는 자신의 틈 속에 사는 망둑어에게 도움을 요청하고,

망둑어는 독성 해초를 물리쳐 주는 보디가드의 역할을 해 줘요.

산호는 그 대가로 망둑어에게 살 곳과 먹을 것을 주지요.

2학년 1학기 여름 **2** 연계

害 蟲
해칠 해　벌레 충

무슨 뜻일까?

'사람에게 해를 끼치는 벌레'라는 뜻이야.

"해충이 가장 살 맛 나는 계절은 여름이 아닐까?"

반대말이야!

익충(益蟲)

'사람에게 이로움을 주는 벌레'를 뜻해.

"나방이라고 너무 징그러워하지 마. 누에나방 같은 익충도 있어."

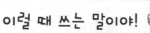

바퀴벌레가 싫어

'해충' 하면 가장 먼저 떠오르는 게 바퀴벌레일 거예요.

바퀴벌레를 좋아하는 사람은 없잖아요.

바퀴벌레는 습기가 많은 욕실이나 좁은 틈에 모여 살아요.

낮에는 꽁꽁 숨어 있다가 밤이 되면 아주 바쁘게 움직이지요.

바퀴벌레 다리에 묻은 각종 병균이나 기생충은

면역력이 약한 아이들에게 옮기기 쉬워요.

그런 바퀴벌레와 같이 살기 싫다면 집을 깨끗이 청소해야 해요.

바퀴벌레가 좋아하는 음식물 찌꺼기, 바닥의 물기도 없애야 해요.

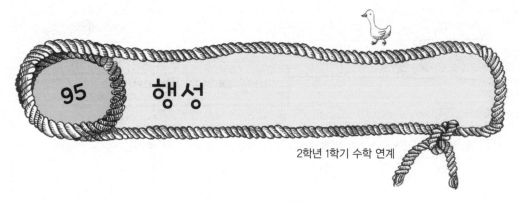

2학년 1학기 수학 연계

行 星

다닐 행   별 성

무슨 뜻일까?

'태양 주변을 도는 별'을 뜻하는 말이야.

"명왕성은 태양계 행성에서 퇴출당한 후에 '134340 플루토'가 되었어."

반대말이야!

항성(恒星)

'스스로 빛을 내는 별'을 뜻해.

"밤하늘에서 빛나는 별은 스스로 빛을 내는 항성이야."

 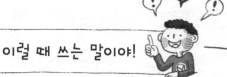

항성 주위를 빙빙 도는 행성들

항성과 행성은 어떻게 다를까요?

항성은 그 자리에 붙박여 있다고 '붙박이별'이라 부르고,

행성은 돌아다닌다고 '떠돌이별'이라 불러요.

항성은 스스로 빛과 열을 내지만, 행성은 빛과 열을 내지 못해요.

태양은 스스로 빛을 내면서 한 곳에 붙박여 있기 때문에 항성이에요.

그리고 태양 주위를 도는 수성, 금성, 지구, 화성, 목성, 토성, 천왕성,

해왕성은 행성이에요.

스스로 빛을 내지 못하는데 밝게 보이는 것은

태양 빛을 반사하기 때문이에요.

96 화문석

3학년 1학기 사회 연계

花 紋 席
꽃 화 무늬 문 자리 석

무슨 뜻일까?

'꽃무늬를 놓아 짠 돗자리'라는 뜻이야.

"강화도의 특산물인 화문석은 고려 시대부터 유명했대요."

비슷한 말이 있어!

채문석(彩紋席)

'여러 색깔로 무늬를 놓아서 짠 돗자리'를 뜻해.

"조선 시대에는 채문석을 개인적으로 파는 것을 금지했대."

시원한 꽃무늬 돗자리

화문석은 강화도에서 생산되는 순백색의 왕골로 만든

꽃무늬 돗자리예요.

왕골은 습지에서 자라는 한해살이풀이에요.

화문석은 장인의 손길이 60만 번은 닿아야 한다는 말이 있을 만큼

손이 많이 가는 수공예품이에요.

화문석 하나를 완성하려면 두세 명이 7~10일 동안 엮어야 한대요.

그래서 옛날에 화문석은 왕족이나 귀족도 탐내는 귀중품이었지요.

아무리 더운 여름철에도 화문석을 깔고 누우면 땀이 차지 않았대요.

할머니 이 풀로 뭐하실 거예요?

왕골이란다. 이걸로 여름에 깔 화문석을 만들 거야.

203

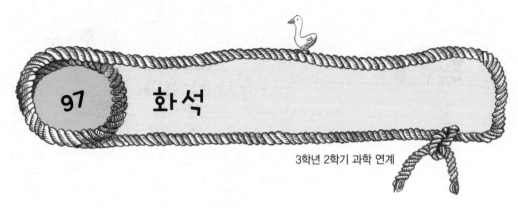

化 石
될 화　　돌 석

무슨 뜻일까?

'과거에 살았던 생물의 몸체나 흔적이

암석이나 지층 속에 남아 있는 것'을 뜻하는 말이야.

"이곳에서 산호 화석이 많이 발견되었대."

소리는 같지만 뜻이 다른 말이야!

화석(火石)

'부시로 쳐서 불을 일으키는 데 쓰는 차돌'을 뜻해.

"성냥이 없던 시대에는 화석을 이용해서 불을 피웠어요."

 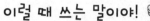

나무 모양의 돌덩어리 화석

죽은 나무도 아니고, 돌덩이도 아닌 특이한 화석이 있어요.

그것을 규화목이라고 해요.

규화목은 나무가 땅속에 묻혀 있는 동안에 물에 녹아 있던 광물질이

나무줄기 속으로 스며들어 만들어진 화석이에요.

그래서 나무 모양을 한 돌덩어리처럼 보여요.

규화목은 나무의 나이테와 나뭇결까지 그대로 남아 있어서

옛날에 살았던 식물을 연구하는 데 유용해요.

규화목을 현미경으로 관찰하면 나무의 세포 구조까지 볼 수 있대요.

205

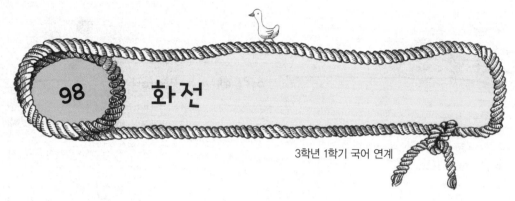

98 화전

3학년 1학기 국어 연계

花 煎
꽃 화 달일 전

무슨 뜻일까?

'찹쌀가루를 반죽하여 꽃잎을 붙여서 기름에 지진 떡'이라는 뜻이야.

"조상들은 음력 3월 3일 삼짇날에 화전놀이를 즐겼어요."

소리는 같지만 뜻이 다른 말이야!

화전(火箭)

'불을 붙여 쏘던 화살'을 뜻해.

"군사들이 화전을 쏘아 대자 왜적들은 도망치기 바빴어요."

206

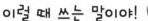

화전은 언제 먹어도 맛있어

옛날에 부녀자들은 봄이 되면 개울가에 나가서

진달래꽃을 따서 화전을 만들어 먹었어요.

오미자즙에 진달래를 띄운 진달래 화채를 곁들였지요.

가을에는 국화꽃과 잎으로 만든 국화전을 만들어 먹었어요.

유자와 배로 만든 유자 화채를 곁들였지요.

그렇다면 겨울에는 화전을 안 먹었냐고요?

아니에요. 꽃이 피지 않는 겨울에는 대추, 미나리 잎, 쑥 등으로

꽃 모양을 만들어 먹었어요.

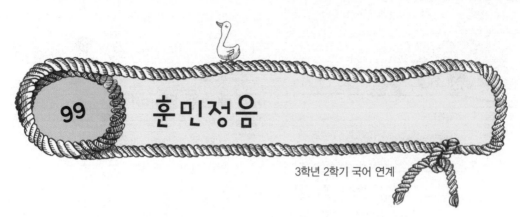

99 훈민정음

3학년 2학기 국어 연계

訓 民 正 音

가르칠 훈　백성 민　바를 정　소리 음

무슨 뜻일까?

'세종대왕이 집현전 학자들과 만든 우리나라의 글자'를 뜻해.

"훈민정음은 '백성을 가르치는 바른 소리'라는 뜻이래."

비슷한 말이 있어!

반절(反切)

'훈민정음을 달리 이르는 말'이야.

"한글의 명칭은 훈민정음 → 언문 → 반절 → 국문 → 한글로 변화했어요."

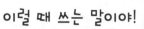
이럴 때 쓰는 말이야!

어려운 한자는 이제 그만!

우리나라는 훈민정음이 만들어지기 전까지 한자를 썼어요.

하지만 한자는 백성들이 배우기가 어렵고,

우리말을 제대로 표현하기도 쉽지 않았어요.

이를 안타깝게 여긴 세종대왕이 1443년에 훈민정음을 만들었어요.

그리고 훈민정음을 만든 이유와 뜻, 사용 방법을 정리해서

《훈민정음 해례본》을 펴냈어요.

그것은 1997년에 유네스코 세계기록유산으로 지정되었어요.

자랑스러운 우리 문화재가 세계에서 인정받은 거예요.

백성을 사랑하는 마음으로 만들었단다.

나도 강아지 글자를 만들까?

우리도 세종대왕님을 사랑해요.

2학년 1학기 수학 연계

興 仁 之 門
일 흥　어질 인　갈 지　문 문

무슨 뜻일까?

'조선 시대에 건립한 한양 도성의 동쪽 정문'을 뜻해.

흥인문(興仁門)이라고도 해.

"숭례문은 국보 제1호이고, 흥인지문은 보물 제1호야."

남대문 – 숭례문(崇禮門)

동대문 – 흥인지문(興仁之門)

서대문 – 돈의문(敦義門)

북대문 – 숙정문(肅靖門)

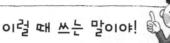

왜 흥인지문이 되었냐고?

숭례문, 돈의문, 숙정문, 혜화문, 광희문은 이름이 모두 세 글자예요.

그런데 '흥인지문'만 왜 네 글자일까요?

처음 이름은 '흥인문'이었는데, 고종 때 '흥인지문'으로 바꾸었어요.

서울 땅의 모양이 서쪽, 남쪽, 북쪽은 산과 고지이고, 동쪽은 평지예요.

산맥을 뜻하는 '갈 지(之)' 자를 넣은 것은

동쪽으로 외적이 쳐들어올지 모른다는 걱정에서 나온 거예요.

풍수지리의 힘으로 외적의 침입을 막으려는 노력이었지요.

풍수지리는 지형이나 집이 자리 잡은 모양이

우리 생활을 좋아지게 하거나 나빠지게 한다고 믿었던 사상이에요.

남대문이 숭례문인 건 알았는데
동대문이 흥인지문인 건 처음 알았어요.

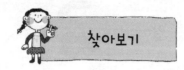

이 한자말은
몇 학년 교과서에 나올까요?

어휘력 점프 3

이해력이 쑥쑥 교과서 한자말 100

초판 1쇄 발행 2015년 7월 6일
초판 12쇄 발행 2024년 2월 5일

글쓴이 정명숙
그린이 이예숙
펴낸이 김옥희
펴낸곳 아주좋은날
기획편집 이미숙
교정교열 용진영
표지 디자인 파피루스
마케팅 양창우, 김혜경

출판등록 2004년 8월 5일 제16-3393호
주소 서울시 강남구 테헤란로 201, 501호
전화 (02) 557-2031
팩스 (02) 557-2032
홈페이지 www.appletreetales.com
블로그 http://blog.naver.com/appletales
페이스북 https://www.facebook.com/appletales
트위터 https://twitter.com/appletales1
인스타그램 @appletreetales
         @애플트리태일즈

ISBN 978-89-98482-68-8 (64810)
ISBN 978-89-98482-36-7 (세트)

아주 좋은 날 은 애플트리태일즈의 실용·아동 전문 브랜드입니다.

어린이제품 안전특별법에 의한 기타 표시사항

품명 : 도서 | 제조 연월 : 2024년 2월 | 제조자명 : 애플트리태일즈 | 제조국 : 대한민국
사용연령 : 8세 이상 | 주소 : 서울시 강남구 테헤란로 201, 5층(02-557-2031)